성현의
숲 을
거닐다

퇴계賢의 숲을 걷다

펴낸날   초판 1쇄 2016년 3월 25일

지은이   권영훈
펴낸이   서용순
펴낸곳   이지출판

출판등록   1997년 9월 10일 제300-2005-156호
주 소   110-350 서울시 종로구 율곡로6길 36 월드오피스텔 903호
대표전화   02-743-7661 **팩스** 02-743-7621
이메일   easy7661@naver.com
디자인   박성현
인 쇄   (주)꽃피는청춘

ⓒ 2016 권영훈

값 13,000원

ISBN 979-11-5555-042-7 03810

이 도서의 국립중앙도서관 출판예정도서목록(CIP)은 서지정보유통지원시스템 홈페이지(http://seoji.nl.go.kr)와
국가자료공동목록시스템(http://www.nl.go.kr/kolisnet)에서 이용하실 수 있습니다.(CIP제어번호: CIP2016007594)

팔賢의 숲을 거닐다

田夫 권영훈

이지출판

태양이 가는 길목에서

동녘에서
서녘까지
하늘 길은 얼마나 될까
아무리 눈 밝은 사람도
해가 가는 것을 보진 못한다.
그런데도 아침에 떠오르는
붉은 구슬은
저 먼 하늘 길을 달려서
어느덧 서산에 기운다.
어째서 그러한가.
쉬지 않고 가기 때문이다.

어리석은 사람은
시간의 소중함을 모른다.
아니, 못난 짓만 골라 한다.
허망하리만큼 속절없는 인생
자기를 알아차리기도 부족한 시간
창해일속滄海一粟
나는
나는 누구인가?

　　　　　　　　　단기 4349년 3월

　　　　　　　　　田夫　권 영 훈

_ 차례 _

제1부

세상이 아직도 존재하는 이유

참새의 모정

남쪽으로 향한 나의 창 건너편 나지막한 블록 담장 사이에 감나무 한 그루가 싱싱하게 가지와 잎을 뻗고 있고 작은 매화나무, 향나무가 한창이다.

얼마 전 이웃에서 발바리 한 마리를 주기에 담장 모퉁이 모과나무에 매어 놓았다. 작년에 문간을 고치면서 남은 모래를 바닥에 흩어 놓았더니 아마 참새에겐 좋은 놀이터가 되었나 보다. 때로는 새끼를 데려와서 발바리가 먹다 남은 찌꺼기를 어미가 열심히 주워 먹이기도 한다. 지금도 담장 위에선 나직히 배를 깔고 앉은 암놈 위를 수놈이 오르락내리락하고 있다.

참새 연인도 이런 날이 좋은 모양이다. 한바탕 사랑놀음을 한 연인 참새는 어디론가 날아가고 방금 또 새끼 한 마리를 데리고 어미와 나란히 앉았다. 새끼는 연신 날개를 털며 노란 주둥이로 쉴새없이 어미를 조른다. 먹이를 찾기 위해서 두리번거리는 어미가 무척 피곤해 보인다.

아, 그렇구나. 자세히 보니 어미가 다리 하나를 절고 있었다. 아마 어디서 다친 모양이다. 어미는 먹이를 구하러 어디론가 훌쩍 날아가고 새끼만 담장 위에 앉았는데 저도 어미 따라 다닌다고 피곤했는지, 아니면 따스한 담장 탓인지 겁없이 졸고 있다.

분명 새끼는 네댓 마리는 낳았을 텐데 형제는 다 어디 가고 혼자 외로이 저 담 위에서 졸고 있단 말인가? 그곳이 얼마나 위험한 곳인지, 또 남은 세월 험난한 길이 어디쯤에서 끝날지를 저 참새는 도무지 알 리가 없다.

한참 보고 있노라니 나도 모르게 진한 삶의 감동이 복받쳐 온다. 저 지고한 참새 어미의 사랑은 어디서 오는 것일까?

문득 아침에 읽은 조간신문이 생각난다. 부부가 한 사람은 이혼을 하자고 하고, 한 사람은 못해 주겠다고 하다가 결국 동반자살을 하기로 결정하고 약을 같이 먹었으나 상대만 죽고 자기는 적게 먹어 다시 살아난 이를 법에서 구속하게 되었다고 한다. 또 무의탁 노인 중 40% 이상은 자식이 있다고 한다.

참새는 적어도 한 번 사랑을 허락하면 상대를 위해 끝까지 정조를 지키며 어지럽게 살지 않거늘, 사람들은 어째서 이리도 철이 없을까? 나는 오늘따라 저 미물인 참새에게 부끄럽다. 저 어미 참새의 지고한 사랑 앞에!

살며 사랑하며 배우며

나는 새벽이 좋다.

새로운 역사가 시작되는 이때에 하루의 생활을 설정하고 오늘 하루 청정하도록 기도한다.

살며, 사랑하며, 배우며….

오직 천명天命을 성실히 이해하는 데 있을 뿐, 그 길에 고난도 슬픔도 있을 수 없다.

시시각각 부딪쳐 오는 이 모든 것이 온전히 내 마음에 깨칠 때 그것이 곧 법이 되기 때문이다.

기뻐하고 즐거워하라. 내가 여섯 감각으로 무심히 지나쳐 버린 주위의 모든 오고 가는 것이 참으로 오묘한 자연의 조화 아닌 것이 없다.

어느 때가 귀하며 어느 때가 헛되리….

지극한 명命은 때도 없고 곳도 없다. 작은 벌레 한 마리, 홀홀 나는 저 낙엽 하나에도 하늘의 섭리를 배울 수 있다. 우리가 산다는 것은 서로 친애하기 때문이다. 이렇게 이 글을 쓰고 있는 만년필이며, 내 손때 묻은 책 한 권에도 나는 사랑을 느낀다.

그러나 눈앞에 널려진 이 만물을 사랑하되 집착하지는 마라. 왜냐 하면 그것은 언젠가 시간 속에 사라져 가는 것들이기 때문이다. 한 순간도 현상은 정지됨 없이 흘러간다. 그래서 여래如來는 계송으로 읊었다.

> 일체의 모든 법이
> 꿈 같으며 그림자 같으며
> 이슬 같고 번개 같으니
> 이와같이 볼 것이다
>
> 一切有爲法 如夢幻泡影
> 如露亦如電 應作如是觀

그러나 어찌 여기 머물손가. 산 아래 흐르는 샘물같이 매일매일 이 날이 좋은 날, 아직은 아무도 병들지 않은 이 날 새벽에, 살며, 사 랑하며, 배우며!

행복으로 가는 징검다리

    하늘이 인간을 태어나게 할 때 근본적으로 아무것도 모르게 태어나게 한 것은 아무렇게나 살아가라고 그렇게 한 것이 아니다.

    우리는 알 수 없기 때문에 더욱 신중하게 살아가야 하는 것이다. 그리고 모르기 때문에 더욱 흥미진진할 수 있다.

    왜 하필이면 이곳에 태어났으며 수없는 생명 가운데 이렇게 고뇌하는 인간으로 태어났는가? 하루하루 막연하게 생활하고 있으나 정말 이와 같이 막연하게 살아도 되는 것인가? 저 찬란한 태양과 밤이면 수없이 반짝이는 별을 보는 마지막 나의 밤은 언제인가? 우리는 도무지 알 수가 없다.

    인생이여, 어디서 와서 어디로 가는가人生何處來, 人生何處去.

    사람들이 가장 관심이 많은 것은 오직 경제인데, 아무튼 가진 자의 욕심은 끝이 없고 못 가진 자의 불만은 쌓여만 간다면 우리는 결코 좋은 환경에 있다고 말할 수 없다.

    이것이 다 무지가 빚어내는 환상이니 여러 수천만 평을 가진 자라 하더라도 자기가 차지할 땅은 서면 두 발 밑 한 자 안이요, 누우면 불과 일곱 자 안팎이다. 나머지 땅은 다 남의 것이다. 내 것이라고 하는 것은 문서상으로 그러하다. 그것 또한 길어야 내 앞으로 등기 한 것은 불과 이삼십 년 될까 말까.

　장자莊子는 말하기를, 새를 쏘아 백발백중百發百中하는 예羿와 같은 명사수라 할지라도 아예 천하를 조롱鳥籠으로 삼는 것만 같지 못하다고 했다. 천하를 조롱으로 삼는 자는 얻고 잃을 것이 없는 것이다.
　어리석은 자는 꼭 내게 있는 것만 자기 것인 줄 안다. 가엾은 일이다. 죽자 사자 취하려고 애쓰나 등잔불에 날아드는 야충夜蟲에 다를 바 없으니 나는 얻었다, 성취했다고 한순간 기뻐하지만 등 뒤에서 살며시 웃고 있는 저승사자의 그림자를 도무지 보지 못하는 것이다.

　무상無常을 알라. 백년은 결코 긴 세월이 아니다. 천하를 울리는 권세와 부富도 달팽이 뿔 위에 세운 촉만觸蠻에 불과하니 마음을 쉬어라. 뭐라고 해도 이 세상에 집착보다 더 큰 재앙은 없고 세월보다 더 큰 도적도 없다. 하늘을 원망하지 말고 사람을 허물하지 마라.
　아무리 간사한 놈이 천방지축 설쳐도 사필귀정事必歸正 하는 것은 하늘의 뜻이요, 사리에 당해서 고요히 들으면 양심의 벨이 울리리니 누구를 위함이 아니다. 결국 자신을 위해서이니 세상을 향해 실망하거나 서글퍼할 것이 없다.

길은 사람이 존재하는 한 언제나 있다

그러므로 길은 영원하다

완성이란 언제나 없다

완성이란 죽음뿐이다

그리고 죽음도 다만 탈바꿈에 지나지 않는다

뜬구름과 같은 우리 삶은

끊임없이 나아가고 있을 뿐이다

그 길에 어느 때는 저토록 붉은 노을이 내리고

비가 내리고

인간의 외로운 발자국이 남겨지리라

그 길은 나에게 젊음을 빼앗아 갔다

이름과 성까지도 빼앗아 갔다

그러나 그 길은 나에게

더 많은 것을 바라고

또 주겠노라고 약속하고 있다.

:: 청담 스님의 길

그 어떤 시대라 한들 지금보다 더 혼탁할 때가 있었겠는가?

감히 상상도 못할 괴이한 일들이 연일 보도되지만 철저한 자기반성은 고사하고 세상은 원래 그런 거야 하고 탁한 눈빛, 병든 영혼으로 궁색한 자기변명으로 살아간다면 이건 분명코 다시 생각해 볼 일이다.

아담아! 네가 어디 있느냐, 하는 준엄한 하느님의 꾸짖음이 있기 전에 우리는 자신을 점검해야 한다. 오늘날 도척盜跖을 보고 누가 그르다 할 것인가? 교회 철탑만큼이나 성직자의 교만도 높아가고, 헛된 불사佛事나 자꾸 일으켜 기왓장이나 팔기에 여념이 없으며, 정치가는 구구절절 옳은 말만 골라하나 자기 이익을 배제한 순수함이 없는 것이다. 아무리 목적이 선해도 방법이 옳지 못하면 결코 그 목적에 도달할 수 없다.

차라리 그대의 높은 이상을 포기하고 작은 일상이나 반성하라!

그대 성공하여 103빌딩을 세웠다 하더라도 원래 있는 땅에서 올린 것이요, 순전한 그대 힘만은 아닌 것이다. 많은 사람의 힘을 빌린 데 불과하다.

부처님 말씀에 "팔만겁의 세월도 끝내는 무상"이라 하시니, 그렇다. 7층탑은 반드시 일곱 층이 무너질 것이요, 103빌딩은 103층이 다시 땅으로 내려오는 날이 있으리라.

딴엔 큰일 한다고 큰소리치지만 마치 모기 한 마리가 태산을 짊어짐이요, 하루살이가 태평양을 건너려고 헐떡이는 것과 다를 것이 없다.

참으로 큰 공적은 눈에 보이는 것이 아니니 그것만이 변함없고 영원하다. 성경에 부자 청년이 예수께 "저는 모든 계율을 다 지켰습니다. 아직도 무엇이 부족합니까?" 하고 자신있게 대답하지만 "네 소유를 팔아 가난한 사람들에게 주라. 그리하면 네가 하늘에서 보화를 가지게 될 것이다. 그리고 와서 나를 따르라" 하였다. 그러나 젊은

이는 이 말씀을 듣고는 근심하여 떠나갔다. 그에게는 많은 재산이 있었기 때문이다.

어리석은 부자는 죄인이 아니니 다만 이웃에 무심하고 이제 내 영혼이나 편히 쉬고 마시자 하면서 현세의 즐거움과 '나' 라고 하는 에고ego에서 벗어나지 못함에 있는 것이다.

자, 우리는 일노당의 시처럼 인생을 이렇게 노래하면 어떨까?

　　자네 집에 술 익거든 부디 날 부르시오
　　내 집에 꽃 피거든 나도 자네 청해 옴세
　　백 년 동안 시름 잊을 일을 의논코저 함일세.

봄이 오는 길목에서

어느덧 계곡의 얼음이 입을 벌리고 곳곳에서 꼬르륵꼬르륵 봄기운 토하는 숨소리가 들린다. 물기 어린 묵은 가지마다 힘찬 터뜨림이 약동하는 설렘을 본다. 어디선가 짝을 구하는 비둘기 소리도 들린다.

움츠렸던 긴 겨울을 털고 이 봄과 함께 나는 서울로 둥지를 옮겼다. 나의 겨울은 무척 길었다. 어느 누가 인생의 봄을 기다리지 않겠냐마는, 나는 끓어오르는 열정을 짚불처럼 가슴에 삭이며 운명의 배가 더디옴을 탄식했었다. 아마 험한 고갯마루를 보고 절망하여 너무 오래 쉬었나 보다. 이제 행장을 꾸려 다시 길을 나서련다. 이젠 나를 건네 줄 운명의 배 따위는 더 이상 기다리지 않겠다.

정든 친구여! 잘 가게, 행운을 비네. 아마 우리는 머리엔 백발이 성성하고 우리가 하는 일을 아들 손주가 다 빼앗아 대신할 때, 그때서야 비로소 한가로이 자신을 돌아볼 겨를이 생길지도 모르지. 그땐 우리 우정도 희미하게 떠오르리라. 젊은 날 눈물 속에 본 추억의 영화처럼 그렇게 말일세.

그대에게 사랑한다는 말 끝내 못했어도 그대는 알리라. 내가 그대를 얼마나 사랑했는가를…. 석양에 긴 그림자처럼 그대의 영상 또한 길게 내 가슴에 드리워지리라.

우리 인생을 원숭이가 양파를 까는 것에 비유하면 어떨까? 매운 기운을 참으며 한 겹 한 겹 벗길 때마다 기대 반 실망 반. 정말 부지런히 껍질을 벗겼지만 끝내 손에 남은 것은 아무것도 없다. 그야말로 허무한 빈손뿐.

우리 인생도 그럴지 모르겠다. 양파 껍질은 실존實存이다. 실존은 현실이다. 바꾸어 말하면 우리 삶도 이와 같이 적나라하게 존재하는 것이다.

그렇기 때문에 오늘도 아내를 위하고 자식을 위해서 쉴 겨를 없이 허덕이는 것이 아니겠는가. 명예나 직위도 마찬가지다. 엄연히 세상에는 실세를 쫓는 무리가 있고 또 칼자루를 쥔 놈도 있는 것이다.

보잘것없이 작은 양파의 질량에 비해 양파의 바깥 세계는 무한으로 존재한다. 우리는 그것을 공空이라고 이름하자. 아니, 그것이 공空인지 유有인지 무無인지 하느님인지 이름할 수 없다. 양파의 겉이 무無였을 뿐만 아니라 양파의 속도 끝내는 무無였다. 그렇다면 양파는 무無라고 해야 할까, 유有라고 해야 할까?

양파가 유有라고 하는 사람은 아직 양파를 덜 깐 사람이고, 양파가 무無라고 하는 사람은 눈먼 봉사다. 다시 기회를 주겠다.

양파는 있는가 없는가? 대답 못하는 사람은 정신이 박약한 것이고, 뭐라고 지껄이는 사람은 정신 나간 것이고, 있다 없다 따지는 사람은 잠꼬대를 하는 것이다.

우리는 모두 잠꼬대를 하고 있는 것이 아닐까?

이제 떠나려 하네. 내가 가는 길에 봄이 오듯이, 그대 가는 길에도 곧 봄이 오리라. 풍경이 좋다고 갈 길을 잊지 말고, 갈 길이 급하다고 이 좋은 경치와 낭만을 놓치지 마라.

다시 좋은 길동무 만나기를 빈다. 아울러 나의 허물과 무례를 용서해 주게. 살면서 하나하나 다시 용서를 빌겠다.

잘 가게! 아마 오래도록 그대는 내 가슴에 남아 있을 것이다.

수우미양가

　　대화 가운데 식모食母라는 단어를 썼다가 어느 점잖은 분에게 꾸중을 들은 일이 있다.

　　"식모가 뭐예요? 가정부지. 요즘 그렇게 말하면 무식한 사람 취급합니다."

　　그 말에 내가 "식모가 좋은 말입니까, 아니면 가정부가 좋은 말입니까?" 하고 되물었다.

　　비록 부엌에서 잡일을 할지언정 우리는 밥을 짓는 어머님食母이라 불렀고 애기를 기르면 유모乳母라 호칭했다. 옛날 분은 정말 식모를 마음으로부터 깊이 밥 짓는 어머니라 부를 수 있었고 식모 또한 그 말에 불평이 있을 수 없었다. 그 이름에 맞는 덕德이 있었기 때문이다.

　　그러나 점점 덕이 얇아져서 부르는 자도 자기 자신도 그 이름값을 하지 못할 때 식모는 식모이기를 거부하고 부르는 자 또한 식모를 밥 짓는 어머님으로 부를 수 없는 것이다. 분명코 가정부보다는 식모가 높임말이다. 그런데도 식모는 스스로 식모이기를 거부한다.

운전수나 기사나 다를 게 없고 배달부나 집배원이 다를 게 없다. 세월이 흐르면 다시 집배원을 배달부로, 기사를 운전수같이 고상하게 부르자고 할지도 모르겠다. 어느 아양 떠는 한 사람이 기사라 불렀고 집배원이라 불렀다. 그런데 스스로 배달부이기를 거부하고 운전수이기를 거부하는 이가 좋다고 그 말을 따랐다. 이건 분명히 조삼모사朝三暮四다. 우습다.

기자記者는 기록하는 놈, 검사나 운전사나 똑같이 선비 사士다. 이렇게 동격인데도 기자나 변호사가 이름 불평하는 것을 본 적이 있던가?

천한 자는 먼저 스스로를 천히 여긴 뒤에 남이 그를 천히 여기는 것이다. 이름에 있지 않고 실재에 있을 뿐이다. 요즈음은 초등학교도 성적 평가를 수우미양가로 하지 않는다. 나는 그 말에 한결 씁쓸함을 금할 수 없다. 누가 정했는지 모르지만 이보다 더 멋지게 평가한 일이 세계에서도 없지 않을까 싶다.

분명 상대가 있으면 일등, 이등이 있을 수 있다. 하지만 우리는 그 등수 속에서도 정말 멋진 여유를 남겼다.

수秀 : 뛰어나다

우優 : 넉넉하다

미美 : 아름답다

양良 : 좋다

가可 : 옳다(그래도 됐다는 말)

이보다 더 좋은 평가가 어디 있겠는가. 가령 누가 꼴찌 가可를 받았다 하더라도 어느 면에 있어서는 수秀를 받은 자보다 나은 면이 분명코 있게 마련이다. 올림픽 경기에 백관왕은 없듯이.

대개 일등하기를 좋아하는 이는 이기적이고 독선적인 사람이 많다. 더 나아가면 간교하고 고집스럽고 소위 출세해서 정치가네 교수네 박사네 엘리트네 하는 자들 중에 오히려 이런 사람이 많다. 이런 사람이 위에 많으면 많을수록 사회는 병든다.

이렇게 생각하면 요즈음 세상은 정말 아찔하다. 끝없이 타는 의식속에 기미機微 뒤에 다시 기미를 숨기고 함께 진흙밭에서 개싸움을 하니 어찌 불쌍하지 않겠는가.

공부는 못해도 인정 많은 제자도 있다. 그런 반면 1년, 2년, 아니 10년이 가도 영영 소식도 없고, 또 자주 만나도 뭐든지 입으로 때우는 자도 있으며 심지어는 원망과 비방도 들어야 할 때가 있다.

한비자韓非子에 이런 이야기가 있다. 어떤 부인이 자라를 한 마리사서 집에 가는 길에 강을 건너게 되었다. 강물을 보자 그 부인은 문득 이런 생각이 떠올랐다. 이놈의 자라가 얼마나 목이 마를까? 그 부인은 측은히 여겨 자라를 놓아 물을 마시도록 했다. 그런데 물 마시러 간 자라는 영영 돌아오지 아니했다.

어쩌면 자식을 기르는 것이나 제자를 가르치는 것이 자라를 물 먹이러 보내는 것은 아닌지? 그러나 끝없이 놓아 보내다 보면 분명 돌아오는 자가 있다. 몇 천에 한둘이지만 그래도 부모나 스승은 돌아오지 않을 줄 알면서도 행여 내 자식은 그렇지 않으리라 하고 죽을 힘을 다해 헌신을 다 바치는지도 모르겠다.

적어도 스승에겐 일등, 이등이 중요하지 않다. 돌아오는 한두 마리의 영광으로 그대도 함께 강으로 돌아가는 영광을 얻었다. 그 희유稀有한 반본反本에도 불구하고….

출세한 것은 그대의 총명함과 노력의 대가가 아니다. 장학금을 지급한 이름 모를 독지가와 이른 새벽부터 늦은 밤까지 그대를 실어나른 버스운전사의 은혜를 잊어서는 안 된다. 이들은 모두 수秀를 받은 자가 아니다.

양가良可의 인생과 수우秀優의 인생을, 그리고 그대를 강으로 돌아가게 한 한둘의 영광을 기억해야 한다.

저런 잘살 놈

얼마 전 구상具常 시인의 『저런 죽일 놈』이라는 시집을 한 권 샀다. 내용인즉 이러하다.

동란 때 내가 가까이 모시던 노비행사奴婢行士 한 분은 세상 못마땅한 일을 보거나 들으면 언성을 높여 "저런 죽일 놈" 하고는 깜짝 놀라는 상대에게 이번엔 아주 상냥한 음성으로 "노래 한마디 부르겠습니다" 하고 크게 웃겨 고약한 우리 심정을 달래곤 하였다.

그런데 언제부터인가 그분의 입버릇이 부지중 내게 옮아서 이즈막 나는,

행길에서도 "저런 죽일 놈!"

버스에서도 "저런 죽일 놈!"

모임에서도 "저런 죽일 놈!"

심지어 성당에서도 "저런 죽일 놈들!"

매일 저녁 신문을 읽다가는 "저런 죽일 놈!" "저런 죽일 놈!"

남의 귀에 들릴 정도는 아니지만 때도 곳도 가리지 않고 연발한다.

말이 씨가 된달까. 그런 증세가 날로 심해지면서 이번엔 내 마음속에 소리 안 나는 총이 있으면 정말 없애고 싶은 사람이 하나둘 불어나고 그 욕망이 구체화되어서 집단살인도 자행할 기세라, 이 밑도 끝도 없는 살의에 스스로 놀라게 되었다.

그러다가 바로 지금 막 머리에 떠올린 것인데 역시 그분이 "저런 죽일 놈!" 하고선 "노래 한마디 부르겠습니다" 하고 엉뚱한 후렴을 단 것은 그 해독제였음을 깨달았다.

이제부터 나도 "저런 죽일 놈!" 소리가 나오면 시 한 편이라도 읊어서 비록 마음속에서일망정 살인은 안 해야겠다.

또 한 편의 전연 다른 이야기가 있다.

어느 일간지에서 '저런 잘살 놈!' 이라는 글을 읽은 적이 있다. 내용인즉 자기 집에 가정부가 새로 들어왔는데 그분은 꼭 욕을 해야 할 곤란한 일이 있으면 욕을 하지 않고 '저런 잘살 놈' 이라고 내뱉는다는 것이다. 그런데 이상한 것은 그 가정부가 들어오고부터는 아이들도 말을 잘 듣고 분위기도 전보다 훨씬 좋아졌다는 것이다. 그래서 자기 가정부 자랑을 이렇게 쓰게 되었다는 것이다.

어째서 아주머니는 욕을 하지 않고 "저런 잘살 놈 하십니까?" 하고 물으니, "저는 배운 게 없어 아는 것도 없거니와 어떤 분이 말하기를 사람은 자기가 말한 대로 된다고 하대요. 그래서 저는 이왕이면 그 사람이 못 되는 것보다는 잘 되는 것이 낫겠기에 이렇게 말해요"라고 하더라는 것이다.

내가 전에 교회에 열심히 다닐 때, 나만 보면 목사와 교인들 욕을 하는 선생님 한 분이 있었는데, 나에게 직접 욕을 하는 것은 아니나 듣기가 몹시 민망해서, "다 맞는 말씀입니다만 못난 목사와 교인들을 위해 선생께서는 얼마나 기도해 보셨어요?" 하고 물었다.

그 말이 효험이 있었는지는 모르나 그 후로는 내 앞에서 욕을 하지 않았다.

말은 얼을 기른다고 했다. 남을 규탄하는 데 앞장서지 마라. 옳고 그른 것은 하늘만이 안다. 절대로 옳다고 주장하는 것들도 때로는 옳지 않은 경우가 얼마든지 있다. 시공을 초월해서 꿰뚫어 보는 지혜가 아니라면 우리는 결코 옳고 그른 것을 알 수 없는 것이다.

현세의 이익을 위해서, 아니면 윗사람의 칭찬을 위해서 할 말 못할 말 함부로 하나, 모를 일이다. 지금은 윗사람의 칭찬을 받겠지만 죽어서는 염라대왕께 뺨을 맞을지 어떻게 알겠는가?

북송北宋의 명재상 범충선공范忠宣公이 자제를 경계하여 말하기를 "사람이 지극히 어리석을지라도 남의 허물을 꾸짖는 데는 잘하고, 비록 총명한 자라 하더라도 자기를 생각하는 데는 어두우니, 다만 너희들은 남을 꾸짖는 마음으로 자신을 꾸짖고, 자신을 생각하는 마음으로 남을 생각한즉 성인과 현인이 되지 못할까 근심할 것이 없다范忠宣公 戒子弟日人雖至愚 責人則明 恕己則昏 爾曹 但當以責人之心 責己 恕己之心 恕人則何患不到聖賢地位" 하셨다.

깊이 생각해 볼 일이다.

당당히 죽어가자

연전의 일이다. 시한부 종말론을 믿는 사람들이 학교와 직장까지 팽개치고 광란에 가까운 예배장면을 보고 놀란 건 아마 마음 여린 나뿐만 아니었으리라.

거리를 지나다 파란 티셔츠 차림에 '휴거'라는 피켓을 든 젊은이와 또 다른 선교단 일행이 성경으로 열띤 공격과 비난을 하는 것을 보고, 어찌하여 한 분뿐인 같은 하느님을 믿으면서 저렇게 원수같이 싸우는가 하고 의아해한 일이 있다.

이런 광경은 서울역 광장에서도 종종 접할 수 있는 일인데, '도를 아십니까?' 또는 '불신지옥'이라는 피켓을 들고 지나가는 사람을 윽박지르곤 한다. 종교인이 아닌 내겐 늘 서글픈 인상으로 남는다.

사랑의 경전이 오히려 남을 공격하는 창과 칼이 되고, 모든 종교를 창시한 성현들은 뒷사람들로 하여금 투쟁의 뿌리가 되었으니 이 병폐는 누가 어디서부터 고쳐야 하는가. 정법수호正法守護라는 미명 아래 내가 아는 것으로 호유戶牖를 삼고 좌정관천坐井觀天의 어리석음을 범하고 있는 것을 저들이 어찌 알기나 할는지….

각자의 생김새가 다르듯이 마음 또한 다 같지 않은 것을 우리는 인정해야 한다. 이 평범한 진리가 누구나 이해는 되어도 생활에 체득이 안 되니 어쩌랴.

진리는 높고 멀리 있는 것이 아니다. 일체의 유정무정有情無情이 하나뿐인 생명으로 존재의미를 부여받았으니, 하나뿐이면 절대요 절대는 곧 진리이며, 진리는 곧 신으로 통하는 길이다.

그렇기 때문에 깨달은 자의 안목엔 일체의 사물이 진리의 고귀함으로 빛나는 것이다. 편식은 몸을 상하지만 편견과 곡학은 성명性命까지도 상한다. 어찌 두려운 일이 아니랴.

과연 절대자가 있다면 우리는 죽는 날을 두려워할 것이 없을 것이다. 다만 부모에게 효도하고, 이웃에 향기로운 인간미를 잃지 않고, 자기 삶에 최선을 다하는 자라면 어찌 그날을 두려워하랴.

태중 교육

사람은 세 번 태어난다. 먼저 어머니 뱃속에서 열 달을 머물고, 육체의 출생과 그리고 정신의 다시 태어남이다.

어머니 뱃속에서의 열 달 동안이 매우 중요한 기간이다. 어머니 아버지의 생활과 생각에 따라서 성격이 모태에서 이루어진다. 후천적으로 학문을 쌓아서 식견은 넓어질 수 있으나 타고난 바탕의 성질이나 기질지성氣質之性은 바뀌기 어려운 것을 본다. 깨달음에도 그 천품天稟에 따라서 가풍家風이 다른 것이다. 임제林悌는 임제, 조동曹洞은 조동, 위앙潙仰은 위앙종의 가풍이 있다.

오조 홍인弘忍 대사가 교수사教授師인 신수神秀에게 의법衣法을 전하지 않고 갈료獦獠인 혜능慧能에게 전한 것이 이 때문인지도 모른다. 천품 고치기가 학자 되기보다 더 어렵기 때문이다.

요즈음은 서양 풍속을 따라서 만으로 나이를 계산하나 그것은 서양 사람들이 현상은 잘 보나 항상 근본을 잊는 데서 오는 몽매함이다.

태어나면서 분명히 우리는 한 살을 어머니 뱃속에서 먹고 나오는 것이다. 어머니는 그 열 달 동안 중병환자처럼 괴로워했으며 몸을 삼가고 미지의 태어날 아기에 대해서 지고한 사랑을 쏟는다. 그러한데도 저 똑똑하다고 하는 서양 사람들이 나는 그건 모른다고 하니 어찌 효도란 말이 나올 수 있겠는가?

효경孝經에 공자께서 이르기를, 대저 효라 하는 것은 덕의 근본이요 가르침의 시작夫孝德之本也, 教之所由生이라고 하셨다. 우리가 보편적으로 효라고 하면 부모로만 국한하기 쉬우나 효경에 보면 그보다 분명 뜻이 넓다.

어버이를 사랑하는 자는 남에게 모질게 아니하고, 어버이를 공경하는 이는 감히 사람에게 거만하게 하지 않나니, 사랑하며 공경하기를 어버이 섬김에 다하면 덕교가 백성에게 더해져서 온 천하에 법이 되리니, 이것이 천자 된 이의 효도이다.

위에 있어도 교만하지 아니하면 높아도 위태하지 아니하고, 법도를 절도 있게 하며 법도를 삼가면 가득하여도 넘치지 아니하나니, 높아도 위태하지 아니함은 귀貴를 길이 지키는 것이요, 가득하여도 넘치지 아니함은 길이 부를 지키는 것이니, 부와 귀를 그 몸에 떠나지 않게 한 다음에야 그 사직을 안보하며 그 백성을 화목하게 하리니, 이것이 제후의 효도이다.

선왕의 법복이 아니면 입지 아니하며, 선왕의 법언이 아니면 말하지 아니하며, 선왕의 행실이 아니어든 행치 아니할지니, 이런 때문에 법이 아니어든 말하지 아니하며, 도가 아니어든 행치 아니하여 입에는 흠잡을 말이 없으며, 몸에는 흠잡을 행실이 없는지라. 말이 천하에 가득하여도 원망하며 미워함이 없나니, 세 가지를 갖춘 다음에야 능히 그 종묘를 지키리니, 이것이 경대부의 효도이다.

아버지를 섬김에 자뢰하여 어머니를 섬기되 사랑함이 같으며, 아버지 섬김에 자뢰하여 임금을 섬기되 공경이 같은지라. 때문에 어머니에게는 사랑을 취하고 임금에게는 공경함을 취하나니, 겸한 것이 아버지라. 효로써 임금을 섬기면 충성이요 공경으로써 어른을 섬기면 공손함이니, 충성과 공손을 잃지 아니하여 그 위를 섬긴 뒤라야 능히 그 벼슬과 녹을 안보하며 그 제사를 지키리니, 이것이 선비의 효도이다.

하늘의 도를 쓰며 땅의 이로움으로 몸을 삼가며 쓰기를 절도 있게 하여 부모를 봉양함이 서민의 효도이다.

이토록 효는 넓고 깊은 뜻이 있다. 천자는 천자의 자리에서 제후는 제후의 자리에서 분수를 지키며 본분을 다하는 것, 이것이 진정 큰 효일 것이다. 또 부모은중경父母恩重經에 아들을 낳아서 기르되 한번 아이를 낳을 때 서 말 서 되의 엉긴 피를 흘리고, 여덟 섬 너 말이나 되는 젖을 먹여서 길러야 한다고 했다. 또 열 가지 은혜를 이렇게 설명했다.

첫째, 아기를 배에서 지켜 주신 은혜
둘째, 해산할 때 고통받으시는 은혜
셋째, 자식을 낳고 근심을 놓는 은혜
넷째, 쓴 것을 삼키고 단 것을 뱉어서 먹이신 은혜
다섯째, 아기는 마른 데 뉘시고 자신은 젖은 자리에 누우시던 은혜
여섯째, 젖을 먹여서 길러 주신 은혜
일곱째, 깨끗하지 않는 것을 씻어 주신 은혜
여덟째, 자식이 멀리 출타하면 걱정하시는 은혜
아홉째, 자식을 위해서 나쁜 일을 하시는 은혜
열째, 끝까지 염려하시는 은혜

인간은 태어나서야 비로소 가르치는 것이 아니라 아기를 잉태한 그 순간부터 교육은 시작되는 것이다. 지금은 여러 가지 시험을 통해서 태아가 모든 것을 감지함을 알았지만 예전엔 영감으로 벌써 다 알았던 것이다. 아무리 만물의 영장이라 하더라도 깊은 밀림 지대와 무인고도에 혼자 자라서 짐승과 생활하면 짐승과 다른 것이 별로 많지 않으리라. 그래서 순자荀子는 권학편勸學篇에서 이렇게 설파하였다.

학문이란 중지하지 못할 것이다. 남빛은 쪽풀에서 짜냈지만 쪽보다 푸르고, 얼음은 물에서 나왔으나 물보다 차다. 먹줄을 받은 듯 곧은 나무라도 구부려서 둥근 바퀴를 만들면 컴퍼스로 그린 듯이 둥글어 제아무리 땡볕에 말려도 다시 펴지지 않는 것은 단단히 구부려 놓은 까닭이다.

그런 까닭에 나무도 먹줄을 받아야 꼿꼿해지고 쇠도 숫돌에 갈아야 날카로워지는 것이니 선비도 널리 배우고 날마다 세 번씩 자기 몸을 살펴 나아가면 슬기는 밝아지고 행실에 허물이 없을 것이다. 그런 까닭에 높은 산에 올라보지 못하면 하늘이 얼마나 높은 것인지 모를 것이요, 깊은 골짜기를 내려다보지 못하면 땅이 얼마나 두꺼운지 모를 것이다.

선비도 선왕先王의 말씀을 듣지 못하면 학문의 위대한 것을 모를 것이다. 한干, 월越, 이夷, 맥貊과 같이 각각 다른 민족들도 어릴 때의 울음소리는 다 같건만, 자라서 풍속이 서로 다른 것은 교육이 다른 탓이다.

또 시경은 이렇게 가르치고 있다.

이 세상의 모든 군자들 편안히 쉬려고만 생각하지 마라.
그대의 자리 삼가 받들어 곧은 이를 언제나 좋아하면
천지도 그대 어여삐 보사 큰 복 네게 주리라.

그러므로 신령스러움은 도리를 따름보다 더 큰 것이 없고, 복스럽기는 화를 멀리하는 것보다 더 큰 것이 없다.

내 일찍이 온종일 곰곰 생각해 봤지마는 잠시 동안의 공부함만 못했고, 내 일찍이 발돋움 하고 멀리 보려고 애써 봤지만 차라리 높은 데 올라가서 시원스레 바라봄만 못했노라.

행하기 어려운 일

『42장경四十二章經』에서는 인간이 살아가는 데 스무 가지 하기 어려운 일이 있다고 한다.

그것은 곧 가난하면서 남에게 베풀기 어렵고, 존귀하면서 도道를 배우기 어렵고, 죽을 곳에 죽기 어렵고, 성인의 경전經典을 만나기 어렵고, 성인을 뵙기 어렵고, 이성에 대한 욕망을 참기 어려우며, 좋은 것을 보고 탐하지 않기 어려우며, 수모를 당하고 성내지 않기 어려우며, 권력을 가지고 거드름 피우지 않기 어렵고, 급한 일에 임하여 무심히 대처하기 어려우며, 아만심我慢心을 없애기 어려우며, 평등한 마음을 가지기 어려우며, 남의 시비를 말하지 않기 어려우며, 착한 사람들과 모여 살기 어려우며, 공부한다 하면서 참 도를 깨닫기 어렵고, 형편에 맞게 중생을 제도하기 어렵고, 환경의 지배를 받지 않기 어렵고, 방편을 잘 사용하기 어렵다는 것이다.

가만히 생각해 보면 내 감정에 맞으면 좋아하고 거슬리면 쌀쌀맞게 토라지고, 심지어는 간교한 꾀를 부려 알게 모르게 남을 얼마나 많이 번뇌케 했는지 모를 일이다.

　긴 듯하나 돌이켜보면 짧은 인생, 한량없는 업보만 늘려서 돌아간다면 어찌하겠는가? 비록 내 감정에 맞더라도 이치에 어긋나면 하지 않아야 하는 것이고, 내가 하기 싫어도 도리에 맞으면 목숨을 버려서라도 행해야 하는 것이다. 마음을 평등히 하여 널리 배우고 겸손히 나를 낮추며, 딱한 처지에 있는 이를 보거든 능력껏 베풀며, 지금 비록 부귀하다 하더라도 한 호흡 사이의 무상함을 깨달아서 회광학도回光學道해야 할 것이다.

　색욕色慾이 과환過患의 씨앗이 됨을 알며, 시비에 휘말리지 말며, 경계에 다달아 무심함으로 사물에 임하며, 좋은 방편으로 항상 착한 벗을 따르면 곳곳에 선지자와 부처님을 만날 것이다.

　또 성인의 말씀으로 지표를 삼고, 봄날 가득한 봇물처럼 넘치는 대자비심으로 마음을 쓰며, 무량無量의 묘문妙門에 노닐며, 빛나고 올바른 눈동자로 티끌 세상의 의혹에 시달림을 받음이 없다면, 어찌 쉽다 어렵다 하며 정에 집착하는 막힘이 있겠는가?

세상이 아직도 존재하는 이유

　　부처님이 수보리에게 이르기를 "무릇 모양이 있는 것은 다 허망한 것이니 만일 모든 상이 상이 아닌 것으로 보면 곧 여래를 보는 것이다."

　　수보리가 부처님에게 여쭈어 말하기를 "세존이시여, 후세 중생이 이와 같은 말씀의 구절을 듣고 능히 진실한 믿음을 내는 이가 있겠습니까?"

　　부처님이 수보리에게 말씀하시길 "그런 말 하지 마라. 여래가 떠난 뒤 후오백세末法時代라도 계를 지키고 복을 닦는 자가 있어 이 경전의 글귀에서 신심을 내어, 이로써 진실함을 삼을 것이다. 마땅히 알라. 이 사람은 한 부처나 이불二佛, 삼三, 사四, 오불五佛에만 선근善根을 심는 것이 아니라 이미 무량의 천만 부처님 밑에서 모든 선근을 심어 놓았기 때문에 이 글귀를 듣고 깨끗한 믿음을 낼 사람이라는 것을. 수보리야, 여래는 다 알고 다 보나니, 이 모든 중생이 이와 같이 한량없는 복덕을 얻나니라."

선근善根이라고 하는 것은 인仁이다. 인이라 하는 것은 씨앗이다. 씨 중에서도 핵核이다.

세상 끝에서亥 열매碩果를 보존해서 봄에震三木 木에서 다시 태어날 조건을 구비하는 것이 핵核이다.

어진 마음이 없으면 핵이 아니니 씨앗이 아무리 크다 하더라도 씨눈이 죽으면 살지 못한다. 씨앗이 상하거나 썩었더라도 씨눈만 온전하면 그것은 다시 살 수 있는 것이다.

열매를 보라. 씨앗이 썩지 않으면 씨눈은 싹이 나지 않는다. 씨앗의 썩음, 그 자체가 곧 영양분의 역할을 하기 때문이다. 씨눈은 적으나 씨앗은 씨눈의 비중보다 월등히 크다. 이 세상도 그와 같다. 어짐을 간직한 군자는 소인보다 월등히 적다. 그러나 씨눈이 죽으면 이미 생명체가 아니듯이 사람 또한 인仁이 없으면 죽은 자와 다름이 없다. 그래서 예수님은 죽은 자는 저 죽은 자로 하여금 장사 지내게 하라고 하셨다.

세상에 아직도 인간이 존재하는 이유는 적은 군자가 세상을 존재케 하는 것이다. 부처가 있는 한, 한 부처 때문에 모두가 함께 보호받는다.

왜? 의인 열 사람이 세상을 멸망치 않게 하는 것이다. 소돔과 고모라성에 저 아브라함의 피눈물 나는 의인의 기도를 보라. 이미 아브라함은 구원을 받았으나 그래도 세상을 향한 의인의 숨은 기도를 우리는 들어야 한다.

공자님은 지금도 말씀하신다. "이 문을 통하지 않고 행할 자 없거늘 어찌하여 이 문을 통하지 아니하느냐"고. 분명 소돔 땅은 의인 열 사람만 존재했던들 망하지 아니했다. 기필코 망해야 할 타락의 도시라면 어떻게 하든 하늘은 롯과 아브라함을 구원해 내고야 마는 것이다.

마음을 닦아라. 그러면 자신도 놀랄 신비한 힘 속에 산다. 만약 버스가 벼랑 아래로 굴러 버스에 탄 사람이 다 죽는다 할지라도 의인 한 사람 있으면 그 버스는 절대 벼랑 아래로 떨어지지 않는다. 만약 꼭 환란이 임해야 한다면 어떻게 하든 의인을 그 차 가운데서 내어 보낸다.

그러면 씨앗을 다시 보자. 씨앗 전체로 본다면 씨앗이나 씨눈이 다 하나의 열매다. 씨눈이 중요하다 해서 씨눈만 떼어내면 씨앗이 살 수 있겠는가? 역시 살지 못한다.

중생이 없다면 부처는 존재의 의미가 없고 사람이 없다면 신의 의미가 없어진다. 그래서 전체로 보면 씨눈이든 씨앗이든 하나의 열매가 분명하다. 그래서 진리는 하나다. 중생 부처도 하느님과 인간도 이치와 나도 삼라만상과 나와 둘이 아닌 하나이니 이것이 하느님의 선하심이요, 중생실유불성衆生悉有佛性이다.

그러나 나누어 보면 분명 중생과 부처가 있고 군자와 소인이 있으니 이 일을 어찌하겠는가? 결정코 씨눈은 다시 태어나나 씨앗은 씨눈의 거름 역할밖에는 못하는 것이다.

감방 가는 생불님

그는 열한 개의 감방별을 달고도 두 대의 벤츠를 타며 수입만도 하루에 수천만 원을 버는 분이다. 그의 삿된 혜안慧眼은 신도들의 속셈을 훤히 내다보시니, 이 생불生佛님을 친견하기 위해 눈먼 신도들이 타고 온 버스가 매일 인산인해를 이루었다 한다. 그는 다시 열두 개의 별을 달러 감방에 가게 되었다. 이번 죄는 건축법, 산림법, 도시계획법 등의 위반이다.

신도들이여, 그대들의 생불님은 장엄 불토를 위해서 산림을 훼손하였고, 그대들의 편의를 위해서 식당과 친견실을 지으려다 여러분 대신 감방을 가게 되었으니 얼마나 마음이 아프겠는가.
신도들이여, 생불님과 석가모니 부처님을 비교해 보라.
석가족 정반왕의 태자로 태어나 부귀영화를 스스로 버리고 가벼운 마음과 오직 바리때 하나로 자산을 삼아 평생 한 끼로 끼니를 이으며, 그야말로 납자衲子를 입고 평생을 길에서 마친 분이 석가모니시다.

요즘은 종교도 너무 모양새에 치우쳐 있는 듯하다. 걸핏하면 불사를 벌여 부처 한 분 모시는 데 몇십만 원씩 바겐세일을 하고, 그 명단에서 빠지면 마치 극락 명부에서 빠지는 듯 호들갑을 떤다. 그리고 십만 등 달기, 백만 등 달기, 또는 동양 최대 불사를 앞세워 오직 보시금으로 신심을 저울질하니 참으로 곤란한 일이다.

얼마전 강남의 모 교회가 삼천억짜리 교회를 건립하겠다고 해서 세간의 화제가 된 일이 있다. 종교가 썩어 사회가 썩는 것이지, 사회가 썩어 종교가 썩는 것이 아니다. 상법시대像法時代를 지나 말법末法時代가 도래함을 유심히 볼 필요가 있다.

예수께서 무리를 보시고 산에 올라가 앉으시니 제자들이 나온지라. 입을 열어 가르쳐 가라사대, 마음이 가난한 자는 복이 있나니 천국이 저희 것임이요….

그런데 오늘날은 대강당에서 지옥으로 겁을 주고, 극락으로 약을 파는 철면피 교주가 아직도 얼마나 있는지 알 수 없다. 그러니까 우매한 백성들은 정신차려야 한다. 예수님이나 부처님께서 다시 오신다면 저 화려하고 웅장한 사원과 성전을 보고 놀라 제대로 찾기나 하실지 의문이다.

선다禪茶 이야기

군에서 제대하고 얼마 안 되어서의 이야기다.

이기영 박사가 이끄는 구도회에서 송광사로 수련대회를 간 일이 있는데, 때는 유신체제 말기라 절간 스님들도 대단히 현실에 대한 불만을 많이 토로할 때다. 특히 송광사에 계시던 법정法頂 스님은 그 중에서도 가장 많이 정보원과 신경전을 벌이고 있었다. 그러다 보니 자연 젊은 대학생들이 주축이 되어 있는 수련대회에선 현실 이야기가 많이 나올 수밖에 없었다. 그때 내 심정은 이러했다.

세상 피해 예 왔더니
여기도 사바일세
以道失道하니
欲無言하노라
말로써 도를 잃으니 말 없고자 하노라.

애써 현실을 부정하려 했고 그래서 내게는 체제 비판이 별 감흥을 일으키지 못했다. 참선을 위주로 하고 간간이 스님들의 법문도 있었는데 그때 처음 '선다' 라는 말을 들었다. 강사 스님의 선다 법문은 두세 시간에 걸친 이론과 마지막 시간에는 시음도 했다.

지금도 기억나는 것은 다기茶器 속에 끓는 물은 솔바람 소리聲, 찻잔에 전해지는 따뜻한 온기觸, 연한 빛깔色, 코 끝에 전해지는 향기香, 그리고 맛味, 그래서 마음은 삼매法, 그 맛은 달고 쓰고 짭고 맵다고….

그런데 기대를 잔뜩 가지고 시음을 해 보니 씁쓰레하니 아무 맛이 없었다. 하긴 워낙 설탕과 조미료에 입맛이 변한 탓도 있겠으나 원래 나는 맛을 잘 모른다. 어느 다방에 차 맛이 좋다고 하면 그렇게 말하는 그 사람까지도 우습게 여겨 왔으니까. 아무 거나 마시면 되지 입 심부름 하는 데 무슨 신경을 그렇게 쓰는가. 할 일 없는 스님이나 그러고 있으라지.

퇴소 전날 각자 자기소개 시간이 있었는데 내 차례가 되어 "나는 교인입니다" 하고 불쑥 이 말부터 하고 나니 모든 시선이 일시에 의혹으로 변했다. 극성 교인이 많긴 하지마는 어찌 여기 참선하는 절에까지 쫓아오는 교인이 있을까?

"아무 교회에 다니는 누구누굽니다. 처음에 여러분을 따라 나설 때 괜히 왔다는 생각을 했습니다만, 일주일 동안 여러분과 지내는 동안 그 생각이 바뀌었습니다. 지금은 잘 왔다는 생각이 듭니다.

저는 여기 와서 크게 세 가지를 얻어 갑니다.

  첫째, 송광사는 십육국사十六國師가 계시는 곳이라고 들었습니다. 그런데 십육국사는 저 낡은 유물 몇 점이 박물관에 남아 있을 뿐 십육국사는 이미 찾을 길 없고 오직 무상만 하더이다. 그런데 오늘 아침 이 조계산 사자루 아래 흐르는 여울물 소리에 근원도 끝도 없는 저 물과 같이 십육국사의 넋은 여러분의 진리를 탐구하고자 하는 그 열렬한 가슴속에 아직도 흐르고 있음을 보았습니다.

  둘째, 여기 와서 선다 강의를 들었는데 달고 쓰고 짜고 매운 오묘한 선다 맛을 말은 듣고 마시진 못했습니다. 그런데 나는 천수물千手水, 여러 뜻이 있으나 여기서 쉽게 말하면 절에서 자기 먹은 식기를 씻은 물을 며칠 마시는 가운데 그 오묘한 선다 맛을 맛보았습니다. 진정한 선다는 스님들이 마시는 천수물이 진짜 선다라는 것을 알았습니다. 천수물은 구정물이니 고춧가루 김치조각이 동동 뜨니 내겐 영락없는 달고 쓰고 짜고 매운 맛이었다.

  셋째, 여러분이 신은 고무신에서 깊이 느낀 것이 있습니다. 여러분 모두 고무신이 바뀔까 봐 이름과 여러 가지 표시를 해 두셨는데 그 중에서도 고무신 코 끝에 별星 모양이 가장 많았습니다. 나는 어째서 별 모양이 많은가 생각해 보았습니다. 아하! 그랬구나, 여기 모인 분들은 얼마나 깨달음을 갈구했으면 고무신 코에까지 별을 그

렸을까? 부처님은 새벽별을 보고 깨치셨다고 하니 여러분은 돌아가
실 때 고무신 코에 별만 보지 마시고 모두 마음의 샛별을 보고 가시
도록 기도하겠습니다."

그리고 인사를 마치고 내려왔는데 그때부터 사람들이 대단한 관
심을 가지고 나에게 말을 걸어왔다. 아, 세상에 이런 교인도 다 있
는가. 내 주위에는 항상 사람들이 모여들었다. 끝없는 질문 공세에
일일이 성의 있게 대답했다. 그로부터 세월이 한참 흐른 지금은 교
회도 잊고 절도 잊고 그리고 선다 맛도 잊었다.

은혜는 눈발처럼

공자孔子 형의 아들 공멸孔蔑이란 자가 있다. 복자천宓子賤, 공자의 제자과 함께 벼슬을 하게 되었는데, 어느 날 공자가 공멸을 찾아가서 물었다.

"네가 벼슬에 나온 후로 얻은 것이 무엇이며 잃은 것이 무엇이냐?"

"얻은 것은 한 가지도 없사오나 잃은 것은 세 가지나 있습니다. 임금의 일에만 얽매어 괴롭게 되니 어느 여가에 학문을 익힐 수 있겠습니까? 이것은 학문에 대해서 밝게 할 수 없는 것입니다. 봉록이 적어서 죽을 먹게 되오니 어느 여가에 친척을 돌볼 겨를이 있겠습니까? 이것은 골육 간에 더욱 소홀하게 되는 것입니다. 공무公務에 다급해서 죽은 자를 조상弔喪하고 병든 자를 문병하지 못하게 되니 이것은 친구 간에도 소홀하게 되오니 그 잃어버린 세 가지란 이런 것이옵니다."

공자는 이 말을 듣고 기쁘게 여기지 않았다. 그 길로 복자천을 만나서 공멸에게 물은 말대로 똑같이 물어 보았다. 그러자 복자천은 이렇게 대답하였다.

"저는 벼슬에 나온 뒤로 잃은 것은 아무것도 없고 얻은 것이 세 가지 있습니다. 어려서 배운 것을 오늘에야 실천하게 되었으니 이 것은 학문이 더욱 밝아지는 것이며, 봉록을 받는 것으로 친척들까지 돌봐주게 되니 이것은 골육 간에 더욱 친하게 되는 것이며, 공사 公事를 마친 여가에 죽은 사람도 조상하고 병든 사람도 위문하게 되니 이것은 친구 간에도 더욱 정이 두텁게 되는 것입니다. 제가 얻은 세 가지란 바로 이것이옵니다."

공자는 이 말을 듣고 탄식하여 말하였다.

"참으로 너는 군자로구나. 노魯나라에 군자가 없다면 자천子賤이 이런 말을 하겠느냐?"

벌써 몇 년 전 일이다. 앞산 은적사에서 유명한 스님을 모셔다가 법회를 연다기에 학생들을 모두 데리고 앞산으로 향했다.

"야! 오늘은 산바람도 쐬고 특강이나 들으러 가자!"

모두들 아이마냥 좋아했다.

법당 안과 밖에 사람들이 무척 많이 모였다. 이렇게 사람이 많이 모였으니 하늘이 보내신 참 법사는 누구일까? 나는 가만히 대중을 둘러보았는데, 축대에 목발을 기대놓고 앉아 있는 걸인 한 사람이 눈에 들어왔다. 그만이 평온하고 무소득을 얻은 자 같았다. 그는 곧 자취를 드러내어 나의 예감을 확인시켜 주었다. 그와 함께 온 걸인 한 사람은 부엌에서 실랑이를 벌이고 있었다. 그를 보고 축대의 걸인이,

"형님요! 준다 안카는기요. 쪼매마 더 기다리 보이소."

그리고는 법회의 목탁이 또르르 울리니 누가 볼세라 가만히 손을 양 무릎 사이에 합장하고 나무관세음보살… 시종 눈을 지그시 감고 마이크에서 흘러나오는 설법을 들으며 심열心悅에 젖는다.

저 나이 많은 걸인은 벌써 부엌에서 몇 번이나 실랑이를 벌인 뒤라 잔뜩 울화통이 치밀어 연신 담배만 뻐끔뻐끔 빨며 초조한 기색이 역력하다. 다리 하나 없고 빌어먹긴 마찬가지인데 어찌 저리도 마음씀이 다를까?

우리는 감사함을 모르고 사는 것 같다. 감사함을 모르고 사니 어찌 은혜인들 있으랴. 친한 친구가 언젠가 내게 이런 말을 했다.

사람들은 말하기를 자식을 낳아 길러 보면 부모 마음을 안다고 하던데, 어쩌면 그 말도 내게는 거짓말 같더라. 내가 자식을 이렇게 좋아하는데 어버이인들 나를 이같이 사랑하지 않았으리. 그런데도 이만큼 열렬히 부모님께 효도하지 못하니, 자식을 낳아 보면 부모 마음을 안다는 그 말도 내게는 거짓말이 아니겠냐고 했다.

나는 그 말이 참 어질다고 여겨졌다. 자기가 공부 잘해서 장학금 받는 것만 알고 장학금 적다고 불평이지만, 자기는 정작 몇 푼이나 남에게 베풀었는지 반성해 볼 일이다.

나를 태워 준 버스운전사, 쓰레기를 치우는 미화원, 우편배달부, 계란장수, 이발사… 고맙지 않은 사람이 없다. 작은 원망을 버리고 서로 사랑해야 할 것이다.

이익李瀷은 성호사설星湖僿說에서 이렇게 말했다.

"사람이 자뢰資賴함은 의복과 먹는 것이 크니 옷은 상마桑麻에서 나오고, 먹는 것은 오곡에서 나오고, 오곡은 우로雨露에서 이루어지나니 한 올의 실과 한 톨의 양식이 어디에서 났는가? 어리석은 백성은 알지 못하고 잠깐만 가물어도 하늘이 우리를 다 죽이려고 한다 하니, 어찌 기르고자 하지 않으리오마는 기수氣數가 혹 면치 못할 때도 있는 것이다. 비유하자면 임금이 신하에게 그 몸에 총애를 다하고 그 입을 봉록으로 기르다가 한 말이라도 혹 잊음이 있으면 원망과 꾸짖음이 따르고, 부모가 자식을 은애로써 기르다가 어루만지고 기르기를 한때라도 잘못하면 자식은 절절히 원망과 허물을 부모에게 돌리나니, 시詩에 나의 큰 덕은 잊고 나의 작은 원망은 생각한다고 하니 이것을 이름일진저忘我大德 思我小怨 其是之謂與!"

아까부터 하늘이 점점 어두워지더니 창 너머 수없는 검은 점들이 가물가물 나를 어지럽게 한다. 떨어진 작은 점들은 하얀 은빛 세계를 이루고, 나는 창 너머로 하염없는 상념의 나래를 편다.
아, 하늘이여! 순백의 세계여!

배달의 노래

부자유친父子有親, 군신유의君臣有義, 부부유별夫婦有別,
장유유서長幼有序, 붕우유신朋友有信.

인간관계가 아무리 복잡해도 이 다섯 가지 외에는 없다. 인간이
나서 죽을 때까지 지켜야 할 질서다. 이 세상이 멸망하고 다시 생겨
나도 인간이 태어날 것이고 인간이 태어나면 다시 이 오륜 외에는
없는 것이다. 이것은 최상의 법도다. 그런데 근자에 와서 이것을 우
습게 아는 사람이 많아지고 있으니, 그야말로 세상이 우습게 되고
있는 것이다.

예禮라는 것은 질서 있게 하는 일이며, 질서에는 윤리에 대한 질
서와 계급에 대한 질서와 존비귀천尊卑貴賤의 질서가 있다. 등급을
질서 있게 하자면 공경을 주로 하고 화목에 힘써야 한다. 예전에는
성군들이 모든 백성들을 윤리적인 참다운 인간으로 교화시켜 충忠,

효孝, 열烈이라는 절대적인 도덕률로 사회를 형상하고 국가의 기강紀綱을 삼았다. 인간이 짐승과 다른 점은 이와 같은 도덕률이 있기 때문인데 근간에 와서 어떻게 되었는가?

외래 사조에 종래의 전통사상을 송두리째 말살해 버리고 서구의 물결이 모두 선진인 양 퇴폐가 만연하니 이젠 돌이킬 수도 없는 지경에까지 이르렀다. 그른 것을 그르다고 하지 못함은 참으로 그른 것이다. 그런데 문제는 분명히 어긋난 것인데도 어긋난 것을 모르는 데 있다. 어떻게 해서 그렇게 되었는가?

주자朱子가 말씀하시기를 "먼저 받아들인 것이 주가 된다先入爲主" 하셨다. 이 말씀은 인간은 어차피 자기가 알고 있는 범위 안에서 생각할 수밖에 없는 것이다. 아름다운 것을 많이 배우고 체험한 자는 세상을 아름답다고 여기게 되고, 추하고 퇴폐적인 것을 많이 경험한 자는 아름다운 세계가 있다 하더라도 절대로 믿지 못한다.

지금은 어디로 가고 있는가. 많이 배웠다는 지식인조차도 옳지 못한 서구의 때垢가 묻어 있으니 옳은 사고가 이미 나올 수 없는 것이다. 학교에서 배운 것은 모조리 위대한 서양 철학자, 유명한 서양의 경제학자, 위대한 과학자… 아, 위대한 서양이여!

배우기는 서양의 합리주의와 개인주의를 배우고 행하기는 동양의 아름다운 윤리를, 충효를 외치니 참으로 헷갈릴 것이다. 거기에다 기독교는 단군할아버지조차 결사반대하고 오직 여호와 하느님과 아담을 조상으로 섬긴다. 저들이 말하는 단군 사실史實 결사반대는 우리 홍익인간弘益人間 건국이념을 부정하는 것이다. 어찌 한민족이라 할 수 있겠는가.

저들은 이 땅에 함께 살고 있으나 우리나라에 기생할 뿐 우리 민족은 아니다. 저들은 제 영혼을 구원받기 위해서는 무엇이든지 할 수 있는 위인들이다. 제 아버지를 죄인으로 만들고 조상을 우상으로 여기며 단군을 미신으로 타도하고 이 세상 모든 사람을 죄인으로 만들어 놓았다.

그런데 이치를 따져보면 저들이 말하는 것보다 더 미신적인 것이 없다. 이레 만에 천지를 만들고 혼자 죽어서 모든 인류를 구제하고 처녀가 아이를 낳고…. 못 믿기로 말하면 이보다 더 미신적은 것은 없다. 그런데도 자기 것은 신앙적이고 남의 것은 미신적이라는 논리는 무엇인가? 내가 절대라면 남도 절대로 여길 줄 아는 아량이 있어야 한다.

단군할아버지는 이 땅에 교회 짓는 것을 말리지 않았다. 그런데 도리어 단군 성전 결사반대를 외치니 우리 속담에 "굴러온 돌이 박힌 돌 뽑는다"더니 이건 거꾸로도 한참 거꾸로다. 하긴 교인도 자기 집 옆에 교회 짓는 것은 반대하는 위인들이니 달리 더 할 말이 있겠는가. 이렇게 해서 우리의 뿌리는 사라져 가니 뿌리가 없고 남을 따르는 자는 끝내 남의 종이 될밖에.

사람이 스스로를 멸시하면 어디 가서 패하지 않을 것인가. 이웃 일본만 하더라도 자기네 천황을 최고 도덕으로, 그 외 모든 성인의 가르침은 보통 도덕으로 가르치고 있다.

일본, 중국 모두 아직도 자기네 연호를 쓰고 있는데 어느 민족이 제 나라 연호를 두고 남의 나라 것을 쓰는가. 그래서 뿌리가 없고 남을 따르는 자는 영원히 남의 종이 된다고 하는 것이다.

이제 우리 본래의 모습을 되찾아야 할 때가 왔다. 남을 탓할 시간도 갑론을박할 기회도 없다. 오직 나를 찾아야 한다. 나는 멀리 있지 않다. 앉아 있는 이 자리와 이 순간인 것이다.

이제 저들에게 말한다. 아담의 자손은 아담의 땅으로 가고 서양 사람은 서양으로 가라. 아무리 좋은 음악회라도 양철조각 하나를 두들겨서 망칠 수 있고 만고에 없는 화가의 그림이라 한들 볼펜 한 자루로 망칠 수 있다. 호랑이 떠난 골에 평화가 찾아들 듯, 그대 작은 독선자 떠난 곳에 길이 평화가 깃들 것이다. 우리는 마음의 척화비를 다시 세워야 한다.

> 서양 오랑캐 침범하는데
> 싸우지 않으면 화해할 수밖에 없고
> 화해를 주장하면 나라를 파는 것이 된다.
> 우리의 만대 자손에게 경고하노라.

洋夷侵犯 非戰則和
主和賣國 戒悟萬年子孫

:: 병인년에 짓고 신미년에 세우다

이것을 기억하는 사람이 몇이나 있을까. 조상이 이렇게 간곡히 이르는데도 이를 기억조차 못하는 이는 분명 불충不忠한 후손임에 틀림없다.

역사는 굴곡이 있는 법, 그러나 그 역사도 그때 사람들이 어떻게 생각하고 어떻게 행했느냐에 따라서 결정된 것이다. 정신을 바짝 차려 다시는 속지 말아야 한다.

예의 바르고 순박한 겨레여!
우리 함께 모여 살자!
여기는 동해의 물결이 남실대는
지구의 동쪽 처음 햇빛을 받는 밝은 뜨락
신선의 나라, 은자의 나라
자자손손 이어가리
동해물과 백두산이
마르고 닳도록….

현중곡 玄中曲

　　세상 사람들은 높은 학력을 자랑하나 나는 고생했음을 자랑하고, 세상 사람들은 부귀를 부러워하나 나는 진리 속에 사는 것을 즐거워한다. 내 비록 보잘것없으나 즐거워하는 이유가 있으니 그것은 잘 되면 공자요 못 되도 안자는 되기 때문이다.

　나는 크게 세 가지를 가진 것이 있다.
　첫째, 나는 세상에서 제일 부자이며
　둘째, 나는 세상에서 가장 높은 위에 있으며
　셋째, 나는 세상에서 제일 유식한 자다.

　부로 말하자면 얼마를 가진 것이 아니라 나는 모두 다를 가졌다. 이 세상에 내 것 아닌 것은 아무것도 없다. 보통 사람들이 내 집에 있어야만 비로소 내 것인 줄 안다.
　예를 들어 안산만한 정원을 가졌다면 서울에서 제일 큰 정원을 가졌으리라. 내가 매일 안산에 올라가서 산책하고 또 휴지도 줍고 하니 이것은 내 정원이다 하면 내 것인 것이다. 이 장엄한 세계는 여기에 비교할 바 아니다. 밤이면 반짝이는 광활한 우주와 형형색색 피어나는 저 산천은 몇 억짜리 명화라 한들 어찌 견주겠는가.

대화엄大華嚴 일승一乘 법계도法界圖에 이르기를,

보배로운 은혜의 비는

중생을 위하여 허공을 채웠으니

자기 그릇따라 이익을 얻는도다

그러므로 수행자는 근본으로 돌아가되

망상을 쉬지 않으면 기필코 얻지 못하리라.

雨寶益生滿虛空 衆生隨器得利益

是故行者還本際 叵息妄想必不得

그러면 부는 그렇다 하고, 위는 어떻게 해서 가장 높다고 하는가? 어느 날 고덕선사高德禪師를 뵈니 이렇게 말씀하셨다.

"권 거사, 기도하세. 우리의 위정자와 세계의 지도자들을 위해서. 저들은 위는 높으나 지혜는 어린아이일 수도 있다. 저들이 한번 잘못 생각해서 무기로 장난한다면 세계가 어떻게 되겠는가."

법보단경法寶壇經에 이르기를, 위 없는 올바른 깨달음을 배우고자 할진대 초학자를 업수이 여기지 말아야 하니 아래 아래 사람에게도 위에 위에 지혜가 있고 위에 위에 사람에게도 아래 아래 되는 지혜가 있는 법이니 만약 사람을 업신여기면 곧 한량없고 가없는 죄가 있음이라 하였다. 아마 이를 두고 하는 말일 것이다.

또 맹자에 이르되, 하늘의 벼슬도 있으며 사람의 벼슬도 있으니 인·의·충·신과 착한 것을 즐겨서 게으르지 않음은 이것이 하늘의 벼슬이요, 공公·경卿·대부大夫 이것은 사람의 벼슬이니라. 옛 사람은 하늘의 벼슬을 닦음에 사람의 벼슬이 따랐느니라. 지금의 사람은 하늘의 벼슬을 닦아서 사람의 벼슬을 노리다가, 이미 사람의 벼슬을 얻고서 하늘의 벼슬을 버리나니, 곧 미혹됨이 심한 것이라 마침내 또한 반드시 망할 뿐이니라.

귀하고자 하는 것은 사람의 똑같은 마음이니, 사람마다 자기에게 귀함이 있건마는 생각지 아니할 뿐이다. 사람이 귀하게 하는 것은 본래 귀함이 아니다. 조맹趙孟, 진나라의 권신이 귀하게 한 것을 조맹이 천하게 할 수 있느니라 했으니 이 또한 눈에 보이지 않는 위를 말하는 것이다.

또 서산대사의 선가귀감禪家龜鑑에 이르기를, 임금 자리를 더럽다 침 뱉고 설산雪山에 들어가는 것은 천부처가 나더라도 바꾸지 못할 법칙이라 했거늘, 말세 양바탕에 호랑이 껍질을 뒤집어쓴 소인배 무리가 염치를 알지 못하고 세상에 바람따라 가만히 아첨하고 애교를 떠니 징계해야 한다고 했다.

실로 이런 장부가 있었으니 부처가 그러했고 순치 황제가 그러했다. 나 또한 이를 배우고자 하니 세상의 위를 어찌 부러워하겠는가.

듣고 보니 부와 귀는 그러하나 가장 유식하다고 스스로 일컬음은 무슨 연유인가.

만약 누가 박사학위를 열 개쯤 가졌다면 세상 사람들은 다 유식하다고 할 것이다. 그러나 박사가 백 개라 하더라도 자기가 무엇하러 왔는지 또 어디로 가는지를 알지 못하면 과연 슬기롭다 할 수 있을까?

또 예를 들면 성경으로 신학박사학위를 받고 불경으로 철학이나 문학박사를 받은 사람이 몇이나 될까? 아마 지금까지 여러 수백 사람도 넘을 것이다. 그렇다면 확실히 공자나 석가는 유식함이 틀림없으니 박사학위를 몇 개쯤 주면 될까? 삼성三聖은 박사를 한 일이 없으나 수없는 박사가 그 가운데 있는 것이다. 그러나 나는 또한 이러한 성인도 따르지 않는다. 왜? 석가는 석가의 길이 있고 예수는 예수의 길이 있으며 나는 나의 길이 있기 때문이다.

세상에 문학하는 이는 인생을 망쳐서 문학을 하려 하고, 예술 하는 자는 자기를 포기하고 예술 하기를 원한다. 또 종교인은 자기 생을 희생하고 부모 형제 이별하여 하느님을 사랑하고 부처님께 귀의한다고 하니 우습다.

어떤 직장에서는 당신은 직장을 위해서 죽을 수 있겠는가 하고 묻는다. 이 얼마나 어리석은 물음인가. 잘 살기 위해 직장도 필요한 것이지 내 인생을 종교를 위해, 예술을 위해 바쳐서는 안 된다는 말이다. 나는 눈에 안 보이는 하느님, 부처님보다 정다운 이웃을 더 사랑한다.

금강경 서문에, 생사의 바다에 밑 없는 배 띄우고 구멍 없는 피리 부니 오묘한 소리는 땅을 진동하고 법의 물결은 하늘에 넘치네. 아, 누가 들으랴, 도연명의 줄 없는 거문고 소리를.

본래의 내 모습 속에 문득 예수, 석가, 공자가 함께 있으며 모든 천신과 화엄신장 성령이 나를 명령하고 순종케 함이 아니라 언제나 내 자신 속에 늘 있음을 본다. 이래서 나는 유식하다 하는 것이다.

세상 사람들이 복, 복 말하나 마음 한가한 것보다 더한 복은 없다. 한가한 마음은 모든 비교가 끊어짐으로부터 나온다. 이래야 비로소 일체의 할 일 없음을 보리니 갈래야 갈 곳이 없고 할래야 할 것이 없다. 그러나 방일과는 다르고 자기 오만과도 다르다.

나는 이래서 위 없는 최고의 위를 가졌고, 돈 없는 제일의 부자이며, 앎 없는 제일의 지혜를 얻었다고 말하는 것이다.

똥개값은 똥값

얼마 전 미국을 여행하고 온 친구가 한국 사람이 쓴 책을 기념으로 살까 해서 서점 몇 곳을 다녔으나 구하지 못하고 결국 동양에 관한 책 몇 권만 사왔다고 한다.

그 친구는 또 우스개 반 진담 반으로 미국 여행을 해 보고 영어를 배우지 않아도 될 이유를 확실히 알았다고 한다. 그건 또 무슨 소리인가 했더니, 미국을 다 돌아다녀 봐도 우리말을 아는 코쟁이는 하나도 못 만났단다. 그런데 내가 왜 꼭 영어를 해야 하느냐 하는 것이었다.

중고등학교에 영어시간이 너무 많은 듯하다. 주당 한 시간이면 족할 것이다. 영어는 꼭 필요하지만 전 국민을 영어 배우는 데 동원할 필요가 있을까. 유능한 외국인 강사를 초빙하여 전문학원을 두어 자기가 필요한 만큼 배우면 되는 것이다. 그 시간을 과학이나 윤리교육에 좀 더 할애하자.

오늘도 사회면 머릿기사는 성폭행이나 떼강도 짓거리를 일삼은 중고생들을 무더기로 잡았다는 보도다. 길 가는 여학생을 마구잡이로 끌고가 영화나 비디오에서 본 못된 장면을 연출하라 하고 수시로 전화로 불러내 계속 괴롭혔다 하니 그냥 아찔할 뿐, 달리 할 말이 없다. 이것은 외래 싸구려 문화가 우리 정신건강에 무관하지 않다는 것을 단적으로 증명하는 것이 아니고 무엇이겠는가.

백인들의 오만불손을 우리는 알아야 한다. LA사태를 다 보았을 것이다. 나의 편견인지는 몰라도 '람보'라는 괴물을 만들어 우리 혼쭐을 빼더니 '늑대와 춤을'이라는 영화는 상이란 상은 죄다 주어 유명하게 해 놓고, 백인 혼자 당당하게 인디언을 찾아가는 말꼬리 위에 팔랑이는 깃발을 보고 나는 아연실색하지 않을 수 없었다. 저 오만의 성조기 뒤에 상대적으로 빛바래져 가는 태극기가 눈앞에 어른거렸기 때문이다.

주간지에 우리끼리 사고파는 난이 있는데 셰퍼드 50만 원, 몰티즈 새끼 25만 원, 포메라니안 23만 원, 치와와 새끼 18만 원 등이 올라와 있다.

언제부터인가 우리 복실이는 똥개로 전락하고, 똥개는 똥값을 받게 된 것이다. 생각하면 모골이 송연하다. 우리 역사와 전통을 우리 스스로 멸시하면 나 또한 벌써 똥개의 역사로 진입한 것이 아닌가.

소공녀 유감

　『엄마 찾아 3만 리』는 마르코라는 어린이가 집안 형편이 어려워서 돈을 벌기 위해 아르헨티나로 떠난 어머니를 온갖 고생 끝에 찾아내는 이야기를 통해 부모와 자식 간의 영원하고도 소중한 사랑을 줄거리로 하고 있다.

　『소공녀』에서는 어머니가 안 계신 세라가 큰 부자인 아버지와 인디아에서 살다가 런던의 한 사립 여학교에 맡겨진 후, 아버지의 갑작스런 죽음으로 하녀로 전락, 굶주림과 냉대에 시달리다가 아버지의 유산을 찾아 다시 행복한 생활로 돌아간다는 내용이다. 어찌 보면 배금사상만 고취시킨 신데렐라 같은 허황된 줄거리다.

　나는 여기서 작품의 문학성을 논하자는 것이 아니다. 그것은 이탈리아 사람이 어째서 그 머나먼 아르헨티나까지 갈 수 있었으며, 영국이라는 작은 나라가 어떻게 저 어마어마하게 크고 먼 인디아까지 갈 수 있었느냐는 것이다. 그것은 찬란한 제국주의와 식민지의 화려한 영광을 어린이에게 강력히 가르치고 있는 것인지도 모른다. 이 기막힌 사실을 알면 우리 동화작가도 착안하는 바가 있어야 하리라. 왜? 나는 그것이 결코 우연이라고 말하고 싶지 않다.

일본 초등학교 6학년 국어 교과서에 '학鶴'이라는 작품이 실려 있는데, 그것은 일본 작가가 한국의 동북 끝에 있는 함경북도 안희산이라는 곳에서 학의 무리가 시베리아로 돌아가는 아름다운 장관을 구경하다가, 우연히 새매 한 마리가 학의 무리를 공격하니 학들이 일치단결하여 새매를 퇴치하고 동료애를 발휘하여 부상당한 학을 구조하여 넓고 가없는 북녘 하늘을 날아가는 것을 보았다는 이야기다.

이것은 감동적인 이야기임에는 틀림없으나 왜 하필 일본인이 한국의 동북 끝, 함경도에 있어야 하느냐는 것이다. 그리고 여기서 새매는 연합군으로, 동료애는 조국애로, 시베리아는 대륙으로 바꾸면 문장은 어떻게 달라지는가?

내 말은 결코 지나친 비약이 아니다. 그 다음 장에 '애국심에 대하여'라는 글에서 역사의 발자취를 자주 찾으라고 말하고 있기 때문이다. 패전을 하면서 저들이 호언장담한 말이 있다.

'육십 년 후에 다시 보자.'

과연 칠십 년이 지난 지금 일본은 어떤 모습으로 우리 앞에 서 있는가?

종달새의 노래

　음대에서 석박사 과정을 밟고 있는 학생 넷이 나를 찾아와서
악기樂記와 악학궤범樂學軌範에 대해 강의를 듣고 싶다고 했다.
　"그건 학교에서 배우지 않았나요?"
했더니, 그들은 한문 실력이 없어서 꾸지람만 듣다가 거의 한 학기를
마치는 데 잘해야 서문 몇 장 정도 진도를 나가면 다행이라고 했다.
　"악고樂考는 읽었어요?"
　"못 보았습니다."
　"그러면 상복음桑濮音에 대해서 들어본 적 있어요?"
　"없습니다."
　"지음知音에 대해서는 알겠지요?"
　"모르겠습니다."
　이렇게 학생들과 대화를 나누다 보니 한숨이 절로 나왔다. 동양
음악을 전공하면서 동양의 음악이론을 전혀 모른다면 가히 한심한
일이다. 이건 그들의 잘못이 아니라 어른들의 잘못이다. 교과 편성

과정에서부터 벌써 동서양의 비중이 다르기 때문이다. 음악, 미술, 문학 할 것 없이 거의 서양이론만 배웠지, 동양에는 그런 이론이 있는지 없는지도 모르는 형편이다.

어젯밤 꿈을 꾸었는데 종달새 두 마리를 잡았다. 종달새의 본 이름은 종지리새從地理鳥다. 봄볕이 따뜻하여 땅 기운이 위로 떠오를 때, 이 새가 지기地氣를 따라 점점 높이 올라가 하늘과 땅 기운이 맞닿는 데서 울면, 삼라만상이 만화방창萬化方暢하여 꽁꽁 얼어붙었던 삭막한 대지가 신비한 조화의 세계로 변하기 때문에 그 이름도 종지리새인 것이다. 너희는 우리 음악을 세계에 드날려라, 저 종달새와 같이.

뚜땅뚱! 뚜뚜둥! 현을 고르면 그대들의 가락을 듣는 이의 사악한 마음이 다 사라지고 제대로 선한 마음이 생긴다면, 이는 마치 극락정토에 백학, 공작, 사리, 가릉빈가 공명의 새가 법음法音을 선류宣流하기 위해서 변화하여 공덕의 장엄함을 성취해 있듯이, 그대들 또한 하늘이 보낸 신비로운 조화의 악사가 틀림없으리라!

이 말을 듣고 있던 한 학생이 불쑥 내게 물었다.

"선생님, 우리는 지금 넷이 왔는데요. 선생님은 종달새를 두 마리만 잡았으니…."

"내가 잡은 것은 두 마리만 잡았다고 말하지 않았는가? 급하게 마음 먹지 말고 열심히 배우기 바래요!"

가을 창가에

　밤공기가 선뜩선뜩 가슴을 적신다. 영롱한 별빛은 알알이 신비의 언어로 내 귓전에 소곤대고, 저 해맑은 조각달은 누가 잃어버린 보배인가! 교교한 은하의 물살엔 구절초의 향내가 묻어 있다.
　적막한 이 밤, 온갖 벌레들이 내 창가에 와서 운다. 저마다의 악기를 가지고. 그대 없어도 오늘밤은 넉넉하다.

　　가만히 무현곡을 들으니
　　밝게 조화의 기틀을 통하네

　　坐聽無絃曲 明通造化機

　돌아보면 얼마나 슬픈 일인가? 창을 움켜쥐고 돌아가는 풍차를 열 번이고 백 번이고 공격하는 돈키호테를 보고 비웃지만, 뉘라서 돈키호테가 아니란 말인가? 비아飛蛾는 불빛을 꽃으로 착각하여 나아감만 알고 물러날 줄 모르며, 창승蒼蠅은 유리창에 부딪쳐도 갈 줄만 알고 돌이킬 줄은 모른다. 밖으로는 명리名利의 종이 되어 나방과 똥파리가 되고, 안으로는 처자의 정애情愛에 묶여서 헐레벌떡 쉴 날이 없다. 쉴 날이 없는 건 고사하고, 명리와 처자를 위해서는 호랑이 아가리를 하루에도 몇 번이나 더듬었던가.

이 밤 나는 나의 거울을 닦으리라. 도량을 창해와 같이 하여 천지에 노닐고 귀천을 잊어 한가로움으로 살림살이를 삼으리라. 한 재주 한 예술로 이름을 이루려 애쓰는 것은 반딧불이 태양을 밝히려 하는 것과 무엇이 다르며, 모기가 태산을 짊어지려 애씀에 무엇이 다르랴.

기예技藝를 버려라. 문득 거룩해지리라. 나의 스승은 오직 성인이니 이 생에 못 이루면 내생에 다시 하리. 나는 그 어떤 종교나 의식에도 얽매이지 않고 집착 없는 수행으로 만법을 체달體達하고, 나의 본성이 존귀함을 깊이 깨달아 끝없는 향기를 날리며 우주의 공명정대한 장부가 되는 데 뜻이 있을 뿐, 다시 무엇을 구하랴.

뒷간에 있으면 뒷간 냄새를 맡아야 하고 꽃밭에 서면 꽃향기를 맡듯, 언제나 아름다운 이웃과 현인賢人을 사귀기에 힘쓰리라.

귀뚜라미 소리에 가을은 익어가고 내 마음의 호수에 영롱한 별빛이 뜨는 밤!

원정서사 주인의 변辯

신문사에서 전화가 왔다.

"선생님은 학력이나 경력이 다 빠져 있으니 어떻게 소개하면 될까요?"

"원정서사 주인으로 해 주시오."

"그러합니다만 좀더 자세히 알리는 것이 저희 관례입니다."

"관례도 사람이 만드는 거 아닙니까? 그냥 그렇게 해 주시오."

아직 집필을 시작도 하기 전에 후회가 앞선다. 괜스레 허락했구나. 인정이 많은 건지 마음이 약한 건지 거절 못하는 천성이 얄밉다. 칼럼을 메우는 데 있어서 별로 내세울 만할 것이 없는 내게 닥친 첫 번째 난감함이다.

이것 말고도 또 있다. 글쓰기와 말하는 것, 이 둘 다 내겐 딱한 일이다. 별로 할 말이 없다. 신문이나 잡지에 단골로 오르락내리락하는 유명인을 보면 부럽기도 하고 한편 불쌍해 보이기도 한다. 부럽다고 하는 말은 내게 그런 능력과 영광이 없음이요, 불쌍하다고 말하는 것은 장자莊子에 신이 발에 맞으면 신을 잊는다는 말이 생각나서다.

중생은 남의 말을 들어도 번뇌가 일어나고 내가 말을 해도 번뇌가 일어난다. 자기의 고착된 생각을 가지고 듣고 말하기 때문이다. 할 수만 있다면 무심無心함이 좋다. 구름같이 바람같이.

우리 대문 위쪽에는 내방객의 편의를 위해 걸어놓은 서산 권시환이 써준 원정서사元貞書舍 현판이 있고, 조금 걸어 들어오면 현관문 옆자락에 박혜옥 여사가 정성으로 새겨준 정실현담靜室玄談이란 작은 목각 하나가 걸려 있다. 이건 나 스스로에게 이르는 말이다.

'고요한 집에서 도란도란 진리를 나누리라.'

서울 어느 다방 이름이 '나는 정말정말 사람이 싫다. 그러나 참말이지 사람이 그립다'는 곳이 있다. 나도 어쩌면 말이 싫은 것이 아닐지도 모르겠다. 다만 지나친 세속의 이야기가 싫을 뿐.

봄볕 따스히 대지에 내리니
문자 없는 진리자字가 비단결에 깔렸구나.

煦日發生鋪地錦
無紋印字錦上舒

제2부

주역, 그 신비의 세계

삼현三玄을 읽어라

도인道人이 아니더라도 이른 새벽 지저귀는 새소리와 함께 좋은 경전을 읽는다면 이 또한 멋이라면 멋일 것이다. 눈 내리는 산사에서 청솔가지 찢어지는 소리를 들으며 낭랑하게 삼현을 읽어 보라.

제자백가서諸子百家書 중에서도 가장 걸출한 장자莊子와 청정무위淸靜無爲의 도를 닦아 신묘감통神妙感通으로 역겁도인歷劫度人 하시는 태상노군太上老君의 도덕경道德經과 모든 인생 철학과 우주 법칙을 가장 명쾌하고도 간결하게 표현한 신비의 책 주역周易을 읽지 못했다면 참으로 안타까운 일이다. 적어도 이 세 책을 읽지 않고서는 동양의 어떤 문학이나 철학도 논할 수 없다.

공부의 기회도 늘 있는 것이 아니고, 어차피 모든 길을 다 가볼 수 없다면 가장 가치 있는 한 길을 가야 할 것이다. 우리 삶에 경이로운 체험이 되리라는 것을 확신하며 노자, 장자, 주역 읽기를 권한다.

저세상에 갈 때 챙겨갈 세 권의 책

　저세상이 있다면 나는 책을 가져가겠다. 비록 극락이 있어 경치가 좋고 음식이 풍부하고 육체적인 즐거움이 끝없다 해도 좋은 책이 있으면 그 즐거움은 갑절로 더할 것이요, 또 무간지옥無間地獄에서 철사철구鐵蛇鐵狗가 토화치축吐火馳逐하고 열철전신熱鐵纏身하여 만사만생萬死萬生의 고통 속에서도 거룩한 책이 있으면 고통이 십분 덜할 것이요, 또 빠져나올 길도 그 속에 있으리라.

　우리가 만물의 영장이라 교만을 떠는 것도 다 책 때문이니, 책이 있어 지식을 단번에 습득할 수 있으며, 그 시대를 유추해 보는 것 또한 어렵지 않을 것이다.
　우리는 책 속에서 과거의 무수한 향기로운 사람을 만나고, 책 속에서 반짝이는 지혜의 진주알을 줍는다. 책이 이토록 귀중하다는 것을 모르는 자는 없다. 그러나 좋은 책을 만나기란 쉽지 않고 비록 만나도 보는 안목이 없으면 곤란하다.

책 속엔 소리가 없으나 열린 귀는 듣는다. 갖가지 신비의 소리를….
책 속엔 빛깔이 없으나 눈 밝은 자는 보리라. 빨주노초파남보를….
책 속엔 향내가 없으나 아는 자는 알리라. 향기 없는 향기를….
때문에 눈 멀고 귀 먹은 자에게 책은 가장 딱딱하고 더할 수 없는
무거운 짐이요, 귀 밝고 눈 밝은 자에겐 오감을 만족시키는 최상의
자양분이다.

눈을 들어 앞을 보라. 저 무한히 펼쳐진 광야는 오직 괭이를 든
그대 손에 달렸으니, 지형을 살피고 토질을 살펴 치밀하게 계획을
세워야 부질없이 고생하지 않으리라. 독서에도 치밀한 계획이 필요
하다.
감히 나는 말한다. 인류가 일궈 놓은 가장 아름다운 정원은 주역
周易, 장자莊子, 노자老子이니 이 세 책으로 본을 삼으면 아마도 긴 밤
에 등불을 가짐과 같으며, 먼 나그네 길에 나침반을 간직함과 같을
것이다. 나머지 책은 좋지 않다는 말이 아니라, 저승사자 따라 염라
대왕 뵈러 갈 때 짐 된다고 세 권만 가져오라고 했을 때 하는 말이다.

채진지유 采眞之遊

어느 날 세존께서 두 사람이 돼지를 메고 지나가는 것을 보고 물었다.

"그게 무엇인가?"

두 사람이 대답했다.

"부처님은 온갖 지혜를 갖추셨거늘 돼지도 모르시나요?"

부처님께서 말씀하신다.

"그러기에 지난過 것을 묻지 않는가?"

눈썹은 가까워 볼 수 없고 별은 멀어 알 수 없다. 귀는 작은 소리도 듣지 못하며 큰 소리도 듣지 못한다. 우리 지식은 전생을 알 수 없고 내생을 알지 못한다.

부처님이 돼지를 메고 가는 두 사람에게 그게 무엇이냐고 물은 것은 인연을 물은 것이고, 그들이 부처님은 일체지一切智를 갖추었거늘 돼지도 모르는가 하고 면박을 준 것은 현상을 말한 것이다. 전생에 돼지는 칼잡이였고, 칼잡이는 돼지였다. 부처님은 그것을 아시고 묻되, 저 칼잡이는 오직 눈앞의 현상밖에는 보이는 것이 없다. 그래서 고기 생각밖에 없는 것이다. 그러기에 부처님의 깨우치려는 마음이 전달되지 않는다. 알면서도 묻는 것은 성인이고, 모르면서 아는 척 답하는 것은 중생이다.

공자는 태묘太廟에 들어가서 매사에 물으셨고, 덕의 표본이 되는 순임금은 묻기를 좋아하시고 가까운 데 말을 살피기를 좋아하시되 남의 악함은 숨기고 선은 드러내시며, 그 양끝을 잡으사 그 중中을 백성에게 쓰셨다고 한다.

우리는 알지 못하므로 어리석음을 많이 범한다. 가령 30cm 자가 표준치에서 1cm 모자라면 무엇을 잰들 1cm가 부족하지 않겠는가. 많이 재면 많이 잴수록 더욱 올바른 치수에서 멀어진다.

나는 술을 잘 마시지 않는다. 때로 술자리에 함께 하면 술을 못하는 내가 입방아에 오르게 마련이다. 술은 마시는 게 좋다, 안 마시는 게 좋다, 정작 나는 할 말이 없다.

술과 나는 아무 관계도 없는데, 그들은 마음내키는 대로 떠들어댄다. 아, 내가 왜 몰랐던가. 어리석은 자는 고집이 세고, 이치에 막힌 자는 화를 잘 낸다는 것을.

그것까지도 괜찮다. 남의 말만 꺼내면 난도질을 하는 못된 버릇을 가진 이도 있다.

그래서 이런 시가 있다.

그는 늘 가위를 갖고 있다

누구를 만나면 가위질 하는 별난 습관이 있다

밝음의 면적이 줄어들 때마다 나는 그를 만나 공통성을 찾아야 한다

싹뚝싹뚝 어둠이 잘려 나가는 소리를 들어야 한다

남의 어둠은 능숙하게 잘라 내지만 그의 가위질이 때로는 서툴다

자기의 어둠을 잘라 낸다는 게

밝음의 부분만 자르는 실수를 하곤 한다

떨어진 밝음의 조각을 보고

그는 속이 없는 사람이라고 말한다

그는 우리 동네에 산다.

세존께서 어느 날 빛을 따르는 마니주摩尼珠를 오방천왕五方天王에게 보이시며 물으셨다.

"이 구슬이 무슨 빛깔이냐?"

이때 오방천왕들은 제각기 다른 빛으로 보인다고 했다.

이에 세존께서 구슬을 소매 속에 숨기고 손을 흔들면서 다시 물으셨다.

"이 구슬이 무슨 빛깔이냐?"

천왕들은 한 목소리로 대답했다.

"부처님의 손에는 구슬이 없거늘 어디에 빛이 있겠습니까?"

그러자 세존께서 탄식을 했다.

"그대들은 어찌 그다지도 미혹한가. 내가 세간 구슬을 보일 때엔

제각기 청, 황, 적, 백, 흑 등의 빛이 있다고 우기더니, 내가 참 구슬을 보이니 전혀 모르는구나."

이에 오방천왕들이 모두 도를 깨달았다.

나도 모두 내 글을 읽고 마음으로 묵묵히 계합契合했으면 좋겠다.

노자는 이렇게 설파했다.

"천지는 풀무와 같아 비어도 다함 없으며 움직이면 더욱 창조되니, 말이 많으면 자주 궁하니 차라리 중을 지킴만 같지 못하다."

세상 사람들아, 내일 일도 모르면서 저 혼자 천당 간다고 대로에서 떠들고, 파리 한 마리 못 만드는 주제에 '천지창조' 하며 입에 거품을 문다.

고니鵠는 날마다 목욕하지 않아도 스스로 희고, 까마귀는 날마다 칠하지 않아도 스스로 검은 것이니, 검고 흰 본질은 좋고 나쁨으로 분별할 수 없는 것이다.

사랑이다 자비다 명예다 떠들면 떠들수록 더욱 좁은 소견이니, 연못이 말라 고기들이 육지에 쓰러져 있을 때 습기를 내뿜고 거품으로 서로를 축여 주지만 그것은 저 강과 호수에서 물도 잊고 나도 잊고, 너도 잊음만 같지 못하다.

명예는 공의로운 그릇이니 혼자 많이 취하지 말고, 인의仁義는 선왕이 머물고 간 오두막이라 하루 저녁 잘지언정 오래 머물 곳이 못 된다. 그러므로 옛날의 지인至人은 인仁에 길을 빌리고 의義에 집을 빌려 소요의 터處에 노닐고, 구간苟簡의 밭에서 먹으며 부대不貸의

밭에 서 있는 것이다. 소요逍遙는 무위無爲, 구간苟簡은 삶을 기르기 쉬움이요, 부대는 남의 일에 수고로움이 없는 것이니 이것을 일러 옛날에는 채진采眞의 놀이라 했던가.

유심, 무심이 다 내 마음이요
푸른 하늘, 흰 구름은
고금이 같더라

물은 고요하나
잠긴 용은 활발하다
누가 알리오
아침 해는 곧
저녁 그림자인 것을.

주역을 읽지 않으면 저승 가서 후회하리

　노자, 장자, 주역을 삼현三玄이라 부른다. 도가道家에서도 유가儒家 경전인 역易을 현학玄學 이론으로 삼고 있는데, 이는 눈여겨 볼 필요가 있다. 불교에 있어서도 화엄경華嚴經을 최고의 경전으로 꼽으면서도 경문 자체에는 없으나 논論에 있어서는 처처處處에 주역의 문자를 빌려 사상을 설명하고 있다.

　이것은 단적으로 무엇을 말하는가? 그것은 진리를 설명하는 방법 중에 역易만큼 편리한 것이 없으며, 그러기에 또 남의 경전으로 간주하여 놓쳐 버리기는 아깝다는 뜻도 된다.

　주역은 중국 고대 문화의 토양에서 피워 낸 한 떨기 진귀한 꽃으로서 동양 문화에 절대적인 영향을 끼친 것은 말할 나위가 없으며, 모든 철학의 근저根底에는 역易이 있다는 것을 알 수 있다. 인간의 윤리질서를 비롯하여 우주만물, 즉 대자연의 법칙을 밝혀 놓은 만세불역萬世不易의 상도常道이다.

그리고 역易은 중국의 정신을 지배했을 뿐 아니라 동양 여러 나라의 정치와 교육의 원천이었다.

고대로부터 중국에 있어 점서占筮는 각 분야에 걸쳐 엄청난 비중을 차지하고 있다. 전쟁은 말할 것도 없고 천신天神, 지지地祇, 종묘宗廟에 제사를 드리는 것 등 나라의 중요한 일은 모두 이 점으로 결정하였다. 허난성河南省 안양현安陽縣 일대의 은허殷墟에서 발굴된 갑골문자甲骨文字가 이를 입증하고도 남는다.

춘추春秋를 읽으면 알 것이다. 깨달은 자와 깨닫지 못한 자의 역사를. 주역은 체體이고 춘추는 용用이다.

어떤 이는 시초蓍草를 뽑아 8대 후손의 운명까지도 점친다.

역易은 절대 점서占書다. 점을 비루하게 생각하는 자는 신을 비루하게 여김과 같다. 성誠은 곧 참이며, 참은 곧 하늘이다. 때문에 나의 참과 하늘의 참이 감응하는 곳에서 인생의 모든 문제를 물으면 메아리같이 응해 오는 것이다. 지금도 세계를 움직이는 사람은 정치가지만, 그 정치가의 중대한 일을 결정하게 하는 사람은 점술가다. 기독교 국가인 미국에서도 대통령이 자문을 구하는 스승은 곧 하늘과 통하는 예지력을 가진 점성가인 것을 아는 이는 알 것이다.

로켓을 쏘아올릴 때 길일을 택하여 발사하는 것도 다 알려진 이야기다. 우리나라도 역시 마찬가지다. 은밀히 행해지기 때문에 남이 잘 알지 못할 뿐이다. 선거철이 되면 철학관이나 점집이 문전성시를 이루는 것만 봐도 알 수 있다. 개인이나 국가의 중대사는 지금도 그 몇 사람의 손에서 결정된다는 것을 어리석은 자는 도무지 모른다. 마치 스스로 눈을 가리고 하늘에는 태양이 없다고 하는 것과 같다.

왕도정치의 기강을 밝힌 서경書經에서 정치의 요체는 백성民意, 경대부卿大夫, 왕王, 복관卜官, 이 네 사람이다. 하지만 국가의 중대한 일을 결정할 때 백성들이 좋다 하고 경대부들이 옳다 하고 임금이 행하고자 해도 복관이 안 된다 하면 행할 수 없다. 복관의 말은 왕보다도 훨씬 더 절대적이다. 그것은 복관은 바로 신으로 통하기 때문이다. 복관에게 내리는 계시는 곧 신의 뜻이라는 말이다.

나는 어릴 때 기문둔갑, 축지법, 요술, 마술 등 인간이 도저히 불가능한 것을 신출귀몰하게 행하여 죽은 사람을 살리고 약한 자에게 힘이 되는 신인神人 같은 이야기들을 사랑방 어른들에게서 많이 들으며 자랐다. 그런 신통력이 다 팔괘八卦의 주역周易에서 나온다는 것이다. 그래서 처음 주역을 대했을 때 무척 설레었다. 그리고 책을 펴본 순간 다른 책과는 전혀 다른 이상한 도형들이 나의 호기심을 자극하기에 충분했다.

주역은 심성을 미치게 하는 약이니 세상이 무료하고 답답한 이는 역易을 읽으라고 권한다.

일부一夫 김항金恒 선생께서는 구구음九九吟에서 이렇게 노래했다.

무릇 도도한 선비님아! 나의 한 곡조 방랑음을 들으시라
서전 주역 읽는 것은 선천의 일이요
궁리수신 어느 후배 할런가
가죽끈 세 번 끊은 우리 부자는
무극은 말씀 않고 뜻만 두셨네

육십 평생 남에게 미친 소리를 들으나
一夫는 나 웃고 남 웃으니 늘 웃음 많구나
웃음 속에 웃는 이유 있으니 무슨 웃음 웃는가
웃을 일에 웃으니 노래하고 즐겁구나

삼백육십 돌날이여
큰 일원 삼백 수는 구구 속에 배열하고
없음에 없는 자리 육십 수는 일륙궁에 나누고
다만 다섯을 공에 돌리면 오십오점 소소하고
열다섯을 공에 돌리니 사십오점 영롱하다.

아마도 바른 이치 현묘한 현진경이 이 속에 있느니라
참된 뜻 바른 마음 처음부터 끝까지 게으르지 않으면
나를 보살피는 나의 님께서
가르쳐 주시고 베풀어 주실 것이니
이것이 바로 내가 좋아하는 것을 좋아하는 것이 아닌가!

凡百滔滔儒雅士 聽我一曲放浪吟

讀書學易先天事 窮理修身後人誰

三絶韋編吾夫子 不言無極有意存

六十平生狂一夫 自笑人笑恒多笑

笑中有笑笑何笑 能笑其笑笑而歌

三百六十當期日 大一元三百數

九九中 排列 無無位六十數

一六宮 分張 單五 歸空

五十五點昭昭 十五 歸空

四十五點斑斑 我摩道正理玄玄眞經

只在此宮中 誠意正心

終始無怠 丁寧我化化翁

必親施敎 是非是好吾好

일부 선생은 일생 동안 미쳤다고 조롱을 받았으나, 이런 분이라면 평생 시자侍者가 되어 생을 마친다 해도 후회하지 않을 것이다. 나도 이처럼 열렬히 살고 싶다. 누가 내게 주역을 어떻게 배울 것이냐고 묻는다면 나는 이 이야기로 대신하겠다.

청구야담靑邱野談 파수편破睡篇에 안빈궁십년독역安貧窮十年讀易이라는 이야기가 있다.

선비 이생은 집이 남산 밑이었다. 그는 몹시 가난했으나 편안하게 독서만 하더니 하루는 아내에게 이렇게 말했다.

"내 10년 동안 주역을 읽고 싶은데, 나물밥이나마 내 조석을 대어 내겠소?"

아내가 그러겠다고 하자, 이생은 문을 걸어잠그고 다만 창구멍으로 밥그릇만 출입하게 하며 주역 읽기를 불철주야하였다. 그렇게 7년쯤 지나 하루는 밥이 오지 않아 창 틈으로 내다보니, 어떤 대머리중이 창 밖에 누워 있었다. 깜짝 놀라 문을 열고 나와 보니 자기 아내였다.

"이게 웬 꼴이오?"

"밥을 못 먹은 지 닷새째입니다. 7년 뒷바라지를 하다 보니 머리카락이 하나도 남지 않았네요. 이젠 더 이상 도리가 없습니다."

이생은 탄식하며 문을 나서서 바로 국부國富 홍동지洪同知 집을 찾아갔다.

"당신이 비록 나와 안면은 없으나 내게 긴히 쓸 곳이 있으니 3만 냥쯤 빌려 주겠소?"

홍동지는 그를 한참 뚫어지게 보다가 허락했다.

"100여 바리의 돈을 어디에 두시렵니까?"

"오늘 중에 우리 집으로 실어 보내 주시오."

그러고는 자기 집을 가르쳐 주고 돌아왔다.

이윽고 말이 끄는 수레에 실린 짐바리가 연달아 들이닥쳤다. 이생이 아내에게 말하기를,

"여기 돈이 있으니 나는 다시 주역을 읽어 10년을 채울까 하오, 당신이 이 돈으로 식리殖利하여 조석을 잇겠소?"

"이제 이 돈이면 무엇이 어렵겠어요?"

이생은 다시 방에 들어앉아 책을 펴고 흥얼거렸다. 아내는 그 돈으로 물건이 흔할 때 사들이고 귀할 때 팔아서 치산治産한 지 3년 사이에 돈이 기만 냥이 되었다.

이생은 주역 읽기를 마치자 비로소 책을 덮고 나왔다. 그 돈을 싣고 가서 홍동지에게 계산해 주니 그는,

"내 돈은 3만 냥이오. 그 밖의 돈은 받을 수 없소."

"당신 돈으로 식리하여 번 것이니 이것 역시 당신 돈이오. 왜 내가 취하겠소?"

"그건 빌려 드린 것이지 빚을 놓았던 것이 아닙니다. 어찌 이자까지 받겠소."

하고 3만 냥 본자만을 받았다. 이생은 부득이 불어난 돈을 가지고 돌아왔다. 이생은 아내와 함께 강원도 산골로 들어가서 넓게 터를 닦아 집을 지어 촌락을 만들었다. 풀을 제거하고 묵정밭을 일구니 기름지지 않은 땅이 없었다. 해마다 수천 석을 수확하여 의식이 풍족해서 일생을 안온하게 지내게 된 것이다.

임진왜란 때 온 나라 백성들이 왜적의 횡포에 어육魚肉이 되었으나 이생의 마을만은 병화를 입지 않았다고 한다. 그래서 그곳이 무릉도원武陵桃源인 줄 알게 되었다.

이 이야기에서 우리는 알아야 한다. 오직 성誠만이 하늘에 통한다는 것을. 공부에는 꾀가 병통이다. 그래서 잔재주 부리는 이는 일생 자기만 속일 뿐 아무 이득이 없다.

종정宗正 스님이 열반해서 사리가 얼마 나왔다고 법석을 떤 일이 있다. 생전에 어떤 기자가 스님께 여쭈었다.

"가정을 버리고 출가해서 혼자 도를 닦는 것은 그것도 결국은 이기주의가 아닌가요?"

그러자 스님은 이렇게 대답했다.

"너는 길을 가다가 오만 원짜리 지폐와 십 원짜리 동전이 있다면 오만 원짜리를 먼저 줍겠느냐 십 원짜리를 먼저 줍겠느냐? 세상사라고 하는 것이 십 원짜리 가치도 없는 거야! 내 공부 방해하려 말고 가서 네 아내나 달래거라!"

그렇다. 주역을 읽고 다른 잡서를 보면 그야말로 십 원의 가치도 안 되는 것이다. 역易을 읽어라! 그렇지 않으면 저승 가서 후회할 것이다.

나는 유년시절에 성당을 다녔고 청년시절에는 기독교를 신봉했으며 그 다음은 유교를 배웠고 그 뒤 산사山寺에 머뭇거렸다. 지금도 나의 호기심은 끝이 없어 선가仙家를 기웃거리고 있다. 그런데 이즈막에 알 것도 같다. 모든 성인이 나에게 은근히 분부하신 것이 무엇이고 나의 사명이 무엇인지. 나는 세세토록 천만 성인의 유지를 받들며, 다시 뒤에 오는 눈 밝은 천만 성인께 이르리라.

우레는 천지를 울리고

비 개인 강산 한 모양 푸른 빛

물건이 극하면 어룡도 변화하고

도가 정미하면 돌부처도 저절로 신령하네

雷鳴天地同時吼 雨霽江山一樣靑

物極魚龍能變化 道精石佛自神靈

주역, 그 신비의 세계

우리는 보통 "사람은 만물의 영장靈長이다"라고 말한다. 그러나 왜 만물의 영장이 되는지는 잘 모른다.

만물의 영장은 고사하고 현실에 부대끼며 어렵게 현대를 사는 우리에게 이 말은 더욱 아득히 멀다.

아침 출근길에 전철을 탔더니 3분의 2가량이 눈을 감고 졸고 있었다. 도시는 병들었다. 어제의 피곤이 아직 풀리지 않았으며 매연과 번잡한 인간관계가, 출근도 하기 전에 벌써 피곤과 우울이 그들을 가린 것이다. 참으로 우리는 이렇게 살아가야 하는가?

밤이 되면 도시의 하늘은 온통 붉은 십자가로 가득하다. 수없는 사원이 있고 석사 · 박사도 세상엔 너무 많다. 그러나 여전히 현실과 이상은 아득히 멀리 있다.

다시 우리는 저주받은 원죄의 인간이 아니라 축복의 낙원을 찾아야 하며 만물의 영장으로 돌아가야 한다. 그러기 위해서는 진리에 눈떠야 하며, 크게는 우주와 작게는 내가 어디서 와서 어디로 가는

가를 알아야 한다. 작은 다람쥐도 바위 위에서 고개를 갸웃거려서 뛴다.

그것은 목운동을 하는 것이 아니라 내가 어디로 향해 갈 것이냐 방향을 살피는 것이다. 하물며 사람이 어디를 갈지 모른다면 이건 진정 똥 만드는 기계에 불과할 뿐이다.

그대 진정 인간답게, 아니 만물의 영장답게 살려면 이 소리를 들어라. 역易은 하늘과 땅으로 꼭 같으니 때문에 능히 하늘과 땅의 도를 두루 다스려 짠다.

이런 때문에 군자가 거할 땐 그 현상을 보아서 그 말을 살피며, 움직이면 그 변화를 보아서 그 점을 살피니 이로써 하늘로부터 도와서 이롭지 아니함이 없다.

대인은 천지로 더불어 그 덕을 합하며 해와 달로 그 밝기를 합하며 사시四時로 더불어 그 질서를 합하며 귀신과 같이 길흉을 합하여 하늘보다 먼저 행해도 하늘이 어김이 없으며 하늘보다 뒤에 해도 하늘이 때로서 받드니 하늘도 또한 어김이 없거든 하물며 사람이 어길 수 있으리. 귀신이 어길 수 있으리.

사람들이여! 나아갈 것은 알고 물러갈 것은 알지 못하며 가진 것만 알고 망할 것은 알지 못하며 얻는 것은 알고 잃는 것은 알지 못하니 이런 자를 성인이라 할 수 있으리? 나아가면 물러갈 것을 알고 있으면 망할 것을 알아서 그 올바름을 잃지 아니하는 자, 이가 곧 성인이라.

천지로 더불어 서로 같기에 어김이 없으니 만물에 두루함을 알아서 도로써 천하를 구제하는지라. 때문에 지나침이 없으며 두루 행해져도 치우쳐 흐르지 않아서 천리를 즐기고 명命을 안다. 이러므로 분수에 편안해서 인仁에 독실하다. 그런 때문에 능히 모두를 사랑할 수 있다.

한 음陰·양陽을 도道라고 이르니 이것을 잇는 것은 선이요 이루는 것은 성품이라. 어진 자가 보면 인仁이라 이를 것이며 지혜로운 자가 보면 지혜라고 할 것이니 뭇 사람은 날로 진리 속에 살아가나 그것이 무엇인지 알지 못하니 이로써 진정한 군자의 도는 드문 것이다.

소인은 어질지 못한 것을 부끄럽게 여기지 아니하며 의리 아닌 것을 두려워하지 않는다. 이익이 아니면 부지런하지 아니하며 위협을 주지 아니하면 징계되지 않으니 작은 것을 징계해서 큰 것을 경계함, 이것이 소인의 복이다. 역에 이르기를 죄를 입어 다리가 끊어져도 오히려 다행이구나 하니 이것을 두고 한 말이다.

착함을 쌓지 아니하면 족히 명예를 이루지 못하며, 악이 쌓이지 아니하면 족히 몸이 죽는 데까지는 아니한다. 소인이 작은 착함으로 이익됨이 없다고 하지 아니하고 작은 악한 것은 해함이 없다고 버리지 아니하니, 때문에 악이 쌓이면 가릴 수 없으며 죄가 커지면 풀 수가 없으니 역에 가로되 죄를 받아 귀까지 끊겼구나 흉하다고 했다.

역易에는 성인의 도가 넷 있다.

첫째, 그 글을 읽으면 최고의 문학작품이요 철학이며以言者 尚其辭

둘째, 사업을 하거나 무슨 일을 하려고 하는 자는 그 변화하는 원리를 볼 것이며以動者 尚其變

셋째, 과학을 하는 자나 무엇을 새롭게 창조하려고 하는 자는 그 象象을 볼 것이며以制器者 尚其象

넷째, 미래를 알고 역사가 어디서 와서 어디로 가는가를 알고자 하는 자는 그 점을 볼 것이라以卜筮者 尚其占

역易에 이르기를 하늘과 땅이 없어지면 역을 보지 못할 것이요, 역을 가히 보지 못한즉 하늘과 땅도 없으리라.

이토록 주역은 완벽한 최고의 글이다. 이 우주가 생겨서 사라질 때까지 순환적으로 포착한 너무나도 오묘하고 신비로운 세계에 마냥 경탄할 뿐이다.

역은 생각함도 없으며 하는 것도 없어서 고요히 동動함이 없어야만 느껴서 천하의 연고를 통하니 천하의 지극히 신묘한 자가 아니면 그 누가 여기에 더불어 하리.

글로써 말을 다하지 못하며 말로써 뜻을 다할 수 없음을….

세월歲月

이 세상에 세월만큼 묘한 것이 없다. 모든 영웅호걸도 그 속에 부침浮沈했던 것이다. 잠깐 얻어 기뻐하기도 하며 잃어 슬퍼하기도 하니 이 광대무변廣大無變의 우주에서 나는 과연 어떤 꿈을 펼치며 어떤 흔적을 남길까? 더욱 우리 삶은 무한無限의 세계에서 유한有限의 삶을 삶에 있어서랴.

감去도 없고 옴來도 없고 본래가 고요해
안도 밖도 중간에도 있지 않구나
한덩이 수정이 티 하나 없어
그 빛살 천지를 덮네

無去無來本湛然 不居內外及中間
一顆水晶節瑕翳 光明透出萬人天

나 역시 단 한 번뿐인 인생을 후회 없이 살고 싶다.

언젠가 오죽헌烏竹軒을 다녀온 일이 있는데 몽룡실에는 사임당의 영정이 걸려 있고, 본당에는 율곡 선생님을 모셔 놓았고, 뒤껼 유물관에는 사임당, 율곡 그리고 여러 형제분들의 유품이 전시되어 있었다. 그런데 아버지 되시는 분의 유품은 보이지 않았다.

나는 길이 탄식했다. 아들이 현인이요, 부인이 현처賢妻인들 제 못난 것을 어쩌랴. 추모追慕의 향香이 맑은 가을 하늘에 날리나 아버지는 그 자리에 없었다.

그리고 여기 수없는 사람이 왔다 가나 누가 이렇게 큰 발자국을 남겨, 뒷사람이 공밥 먹고 가지 않았다고 손가락질 받지 않을 자 몇이나 될까? 삶이 다 그런 것이 아니던가.

어제 내린 비에 산빛은 푸르고 흰구름은 골골이 피어나고 있다.

나는 다시 한 번 나의 좌우명을 마음에 새긴다.

'마음은 자족自足. 생활은 탐구探究.'

마음은 주어진 환경에서 어떠한 경우라도 조물주의 무진장한 신비를 느낄 수 있는 풍요로움이 있고, 꿈은 저 높은 곳에서 더욱더 높게.

꿈

어느 깊은 계곡에 백발의 강백講伯이 당대에 뛰어난 몇 분의 이름을 일컬으며 하나하나 병폐를 지적하고 지금 시대엔 사람이 없음을 탄식하고 있다.

백설같이 흰 수염, 신비한 눈동자, 마치 마법의 숲과도 같은 분위기다. 좌중 가운데 오직 나 혼자 누워 있다가 일어나 앉으면서 소리쳐 말하기를,

"사람이 없다 말하지 마라! 나는 이미 모르는 것이 없다. 나에게 무엇이든 물어보라."

자세를 고쳐 앉으니 이상한 풍경이 홀연히 나타난다.

하늘에는 바람이 일어 마치 회오리바람에 수많은 먼지가 나는 듯, 하늘을 까맣게 메운 새떼가 밤하늘의 은하수처럼 크고 작은 것이 동쪽에서 서쪽으로 날아가는 것이 보인다. 기막힌 장관이다.

나는 "동에서 서로 바람이 부니 새들 또한 서로 나는구나!" 하고 게송을 읊조리고 다시 다그친다.

"무슨 말이든지 나에게 일러라."

그 노인이 "고색창연한 이끼 위에 저문 가을을 보니 내 공부 또한 늦은 것을 탄식하노라!"하기에,

"앞뒤가 없거늘 어찌 이르다 늦다 하는가?"하니 좌중이 다 놀라고 나 또한 홀연히 깨니 꿈이었다. 하도 기이한 풍광이라 일어나 곧바로 적는다.

시계를 보니 이미 4시다.

멋진 조우

　어느 날 시내 한가운데서 대자유인을 만난 일이 있다. 아니, 나 자신 자유롭게 살지 못하기에 그가 대자유인인지 아닌지는 확실히 모르겠으나, 범부인 내 눈에는 부처 같은, 아니면 하다못해 도사道士 같은 분을 만났다. 그것도 백주에.

　그것은 내 인생에 큰 행운이었다. 나는 그 일로 인해 비로소 내 주위에 진짜 자유인이 있음을 알았다. 나는 한가할 때나 아니면 머리가 아플 땐 서점에 들러 책 제목을 읽고 뒤에 붙은 가격표를 보고 주머니 속의 돈을 만지작거리다가 돌아오기 일쑤지만, 그래도 그게 나의 유일한 취미활동이요 낙樂이다.

　나의 서재는 참 크다. 시내 서점이 모두 나의 서재이기 때문이다. 내가 필요한 책은 어디 어느 줄에 꽂혔는가를 항상 눈여겨봐 두었다가 필요한 때 언제나 찾아볼 수 있다.

　그날도 이 책 저 책 제목을 읽고 있는데, 행색이 좀 특이한 어른이 책을 고르는 모습이 눈에 띄었다. 내가 특이하다고 하는 것은 첫째, 외관상 보통 사람과 어딘가 다르다. 요즈음 잘 신지 않는 검정고무신이 그렇고, 아무렇게나 기른 반백의 머리가 그러하며, 입은 옷은 적어도 예순은 된 듯한 어른이 허름한 군복 염색한 점퍼가 그랬다. 우리네처럼 이 신발에 저 옷이 아니라 마치 발에 걸리면 신이요 입으면 옷인 것같이 되는 대로 걸치고 나온 것 같아 도무지 조화가 안 맞다.

하지만 풍채만은 아주 당당한 빛이 있다. 그것만으로도 내 호기심을 자극하는 데 충분했다. 드디어 나는 옆에 붙어 슬슬 비위를 긁기 시작했다. 이것저것 귀찮게 말도 안 되는 질문을 여기 쿡, 저기 쿡, 그 사람을 알려면 그냥 봐서는 알 수 없다.

제갈공명 심서心書에 말했듯이 사람을 살피는 것이 심히 어려우니, 어진 것 같으면서도 간사한 자 있고, 밖으로 공손하나 안으로 속이는 자 있으며, 밖으로 용기 있는 척하나 겁보도 있으며, 힘을 다해 충성하는 것 같으면서도 불충한 자 있으니,

첫째, 옳고 그런 것을 물어서 그 뜻을 볼 것이며
둘째, 곤궁한 일에 처하여 변명하는 말을 듣고 그 변화를 알며
셋째, 계모計謀를 물어 그 지식을 볼 것이며
넷째, 곤궁한 환란에 처하게 해서 그 용기를 보고
다섯째, 술에 취하게 해서 그 심성을 알며
여섯째, 이익利益에 임해서 그 염치를 알 수 있으며

일곱째, 일을 기약해서 그 믿음을 볼 것이다 했는데, 보통 비위를 거스르고 돌을 던져서 일렁거려 놓으면 대개는 안에 든 것이 확 쏟아져 나온다. 어지간히 수련을 쌓은 사람이라면 풍덩 하고 아무런 요동이 없다.

　"어르신은 어째서 이 되잖은 책을 보십니까?"

　"아니오, 책 심부름을 할 뿐이오."

　"그러면 어르신은 무슨 책을 즐겨 읽으시는지요?"

　"나는 불경을 좀 보오."

　귀찮은 듯 퉁명스럽게 내뱉는다. 옳다구나, 이때다 싶어 나는 불경을 코앞에 내밀었다.

　"금강이 비록 굳으나 고양각이 능히 무너뜨리고金雖至堅 羖羊角能壞… 고양각이 비록 굳으나 빈철이 능히 무너뜨리고羖羊角雖堅 貧鐵能壞… 하니 이 말이 무슨 뜻입니까?"

　노인장 왈, "그 말은 금강불성金剛佛性이 외부로부터 무너짐이 아님을 말함이니, 쇠가 밖으로부터 부딪혀 깨어 없어짐이 아니라, 자기 자신 속에 스스로 녹이 슬어 무너지듯 자신의 번뇌가 불성을 어지럽힘을 말하고…" 하고는 시원스레 일사천리로 엮어 내린다.

　사실은 내가 묻고 싶은 것은 빈철과 고양각의 성질에 대해서 알고 싶었으나 이 어른은 의리로 답했다.

　시덥잖은 질문을 다시 하려고 하는데, 이번엔 노인이 반문했다.

　"그러면 내가 그대에게 묻겠소. 이 경에 보면 모든 경이 이 경으로부터 나왔다고 했으니 이 경은 무슨 경이오?"

옳다. 이럴 때는 그것도 모르면서 나이를 헛먹었군 하고 쥐어박아야 하는데, 워낙 기세등등한 데 눌려서 차마 그 소리는 입에서 나오지 않고 아주 공손하게 "뭐 경이란 것이 있기나 하겠어요?" 하고 답했더니 아주 못마땅한 듯 한마디 쏘아붙인다.

"눈멀고 귀먹어, 다시 경을 읽으시오."

그러고는 휑하니 서점 문을 나선다. 어느새 우리 주위에 사람들이 몰려 있는 것을 그때서야 알았다. 쫄랑쫄랑 귀찮게 말이 많으니, 눈멀고 귀먹어 하고 한 방망이로 내 눈과 귀를 동시에 틀어막는 소리다.

어쩐지 참 멋있다 싶은 생각에 따라 나섰다. 저만치 헐레벌레 잘도 걷는 노인을 쫓아가 "어르신, 제가 차 한잔 대접하고 싶습니다. 시간 있으신지요?" 했더니 "고맙소" 하고는 다방으로 먼저 들어선다.

차가 나오고 마주 앉자, 내가 다시 물었다. 두드려야 무언가 자꾸 쏟아지니까.

"어르신, 공부를 하면 큰 공덕을 얻는데 어르신은 얼마만큼 득을 보셨는지요?" 독자들은 이것을 알아야 한다. 정말이지 진정한 공부는 무한한 복과 공덕을 얻는다. 그건 이루 다 말할 수가 없다.

그런데 이 어른 답이 기상천외하다.

"당신은 득 보려고 공부하오?"

그렇다. 득 보려고 공부함은 아니다. 진정한 자유 속에 살면 그 자체가 복이 되고 득이 되는 것이지, 득 보려고 하는 것은 아니다.

비록 극락 천당이라 하더라도 나에겐 그렇게 매력적인 단어가 못 된다. 왜? 행복이 있는 한 극락은 언제나 있으며 불행 그 자체가 곧 지옥이기 때문이다. 그래서 우리는 한 찰나 속에서도 천당과 지옥을 함께 사는 것이다. 그 어른은 바로 이 점을 찌른 것이다. 내가 다시 반문했다.

"그러면 어르신은 손해 보려고 공부합니까?"

나는 속으로 쾌재를 불렀다. 이 어른이 이제야 내 주머니 안에 들었다고. 자기 스스로 득 보려고 하는 것이 아니라 했으니 손해밖에 더 볼 것이 있겠는가.

"나는 손해도 득도 안 보오. 저 하늘에 해를 보시오. 그냥 여여하게 비칠 뿐, 무슨 말이 있소? 여기 놓인 찻잔을 보시오. 다방 아가씨가 보면 찻잔이 크네 작네 할 것이오. 미술가가 보면 색상이 어떠네 저떠네 할 것이오. 도예가가 보면 형태가 이렇다 저렇다 할 것이다. 정작 찻잔은 말이 없듯이, 나 또한 그러하오."

그때 비로소 나는 가장 인간적인 것이 가장 신적神的인 것이고 가장 아름다운 것임을 알았다.

나는 진실로 고개 숙여 인사했다.

"어르신, 안녕히 가십시오."

그리고 우리는 헤어졌다. 그 후 한 번도 다시 만난 일이 없다.

그러나 우리는 언제나 늘 함께 있음을 안다. 저 전체 속에서….

한문漢文은 왜 배우는가?

한문을 모두 어렵다고 말한다.

그 말은 전문으로 잘 하려고 할 때 하는 말이다. 전문으로 잘 하려고 하면 우리 한글도 역시 어렵다. 일상생활에 쓰이는 말은 지극히 간단하고 쉽다.

한문은 참 재미있는 글이다.

첫째, 읽으면 노래요

둘째, 쓰면 그림이요

셋째, 배우면 절대의 진리요 대철학이다.

한문은 동아시아 사람들이 주로 쓰고 있다. 적어도 한문을 알지 못하면 외국 유학을 가서 박사학위를 땄다 하더라도 동양에서는 문맹자가 분명하다. 왜냐하면 우리의 아름다운 고전과 문화가 모두 한문으로 되어 있기 때문이다. 기초 한문 천 몇백 자만 익히면 우리 말 단어 10만 내지 20만 단어를 응용할 수 있다.

요즘에는 영어를 꼭 알아야 한다. 외국 이민을 가지 않는 한 하루 한두 시간씩 5, 6개월만 공부하면 우리나라에서 생활하는 데 아무 부족함이 없을 것이다. 한문은 영어보다 몇십 배 더 우리 생활에 필요하다.

그러면 한문은 하루 한두 시간씩 2, 3개월만 공부하면 생활하는 데 아무런 지장이 없다. 평생에 긴요하게 쓸 학문을 몇 시간 몇 달의 끈기 없음으로 그만둘 수는 없다.

옛말에 "배움에 여가가 없다고 말하는 자는 비록 여가가 있더라도 또한 배우지 못할 것이다謂學不暇者 雖暇 亦不能學矣"라고 했다.

우리가 잘 아는 시조 중에 열심히 노력하면 할 수 있는데 핑계를 대며 하지 않는 것을 비판한 작품이 있다.

> 태산이 높다 하되 하늘 아래 뫼이로다
> 오르고 또 오르면 못 오를 리 없건마는
> 사람이 제 아니 오르고 뫼만 높다 하더라.

산은 높이 오르는 것만큼 바다는 더 넓게 보이는 것이다.

등대불은 비록 빛은 보잘것없으나 항해하는 자에게는 매우 유용한 것, 경전도 역시 마찬가지다.

아무렇게나 사는 사람에게는 경전이 필요하지 않다. 그들은 오직 부귀영화나 그냥 잡다한 일상 속의 자기 허구성 속에서 끝내 깨어

나지 못하기 때문이다.

　적어도 우리는 아직 남을 밝혀 주는 등대가 되지 않은 이상 그래도 가야 할 길이 있다. 성인들의 반짝이는 경전의 등대를 따라서 말이다. 이 혼탁한 세상 가운데 한 줄기 찬란한 빛이 우리의 갈 길을 비추리라. 그리고 분명 진리 속에 사는 것보다 더 신나는 일은 없다.

달생達生

중년 거지 남자가 아기를 데리고 복작거리는 시장을 비집고 다니면서 노래를 하고 있다. 그는 두 다리가 없을 뿐 아니라 자기 처신도 못하는 주제에 책임져야 할 어린아이까지 있었다. 그는 목이 터져라 노래로 구걸을 하다가 잠깐 나무그늘에서 쉬게 되었다. 지나가는 사람 모두 가엾게 보지 않는 자가 없었다.

그런데 아주 잘 차려입은 귀부인 두 사람이 그 앞을 지나가다 말을 걸었다.

"당신 같은 사람도 소망이 있습니까?"

거지가 겸연쩍게 말했다.

"나는 집이나 한 채 사서 이 애와 함께 행복하게 사는 게 꿈이지요."

그러자 한 부인이 어이없다는 얼굴로 "그 주제에 집이 있은들 무슨 의미가 있으리오?" 하니 거지는 말없이 웃었다.

그런데 의외로 거지의 표정은 담담한데 저 귀부인의 자태가 내 눈에 거슬림은 무엇 때문일까?

내가 그 부인에게 다가가 정중히 물었다.

"당신은 버리는 법을 아십니까? 다이아몬드 반지를 버리기가 쉽겠습니까, 은반지를 버리기가 쉽겠습니까?"

"그야 은반지를 버리는 것이 쉽겠지요."

"그렇습니다. 세상은 다 버려야 할 것인데 저 아저씨는 버릴 것이 없고 당신은 버리기를 아까워하는 사람입니다. 그래서 즐거움과 행복은 저 아저씨에게 더 많습니다."

그러자 부인이 눈에 힘을 주고 입을 모아 톡 쏘아붙였다.

"그렇게 말하는 당신은 은반지와 다이아몬드반지의 귀중함을 모르는군요. 그렇기에 은반지와 다이아몬드반지를 버린다는 허황된 말을 하지. 버리긴 왜 버려요, 둘 다 가져야지."

가위로 비단을 자르듯 진흙으로 땅벌집을 틀어막듯 야무지게 쏘아붙인다.

"맞소. 하지만 행복은 다이아몬드의 비중에 따라서 정해지는 것은 아니오. 나는 다만 지금 이 아저씨는 불구이나 정답게 여겨지고 당신은 속이 텅 빈 깡통 소리가 탱탱 울려 나오는 느낌을 감출 수가 없군요."

그러자 두 부인이 "뭐라고? 빈 깡통이라고? 이 양반이 정신 나갔나?" 하고 흘겨보는 눈초리에 섬칫해서 놀라 깨니 꿈이었다.

어느덧 아침 햇살에 동창이 빛나고, 나는 장자 「달생」편을 폈다. 어제 저녁에 전전긍긍했던 달생편이 영롱한 아침 이슬과 같이 알알이 눈에 들어왔다.

삶生의 정情에 통달한 사람은 할 수 없는 것을 힘쓰지 아니하며 명命의 정情에 통달한 사람은 어찌할 수 없는 곳에 힘쓰지 아니한다. 몸뚱이를 기르기 위해서는 반드시 물질을 먼저 필요로 한다. 그러나 물질은 쓰고 남도록 넉넉해도 몸뚱이조차 기르지 못하는 자가 있다. 생이 있으면 몸뚱이를 완전히 하기를 먼저로 하지만, 그러나 몸뚱이는 완전해도 생은 죽은 것 같을 수가 있다. 생이 와도 물리칠 수 없고 생이 가도 붙들 수 없거늘, 세상 사람들은 몸뚱이만 기르면 생을 보존하기에 족하다고 생각하는구나.

그러나 아무리 몸뚱이를 길러도 족히 생을 보존할 수 없으니, 세상일에 무엇을 힘쓰리오? 힘쓸 보람이 없는 것인 줄을 알면서도 그래도 하지 않을 수 없는 것은 세상일이 어떻게 할 수 없기 때문이다. 대개 몸뚱이를 위하는 일을 그만두고자 한다면 세상을 버리는 것만 같지 못할 것이다.

세상을 버리면 마음에 얽매임이 없고, 매임이 없으면 마음은 바르고 평정하며, 마음이 바르고 평정하면 저 조화로 더불어 다시 태어나리니, 다시 태어나면 곧 도에 가까워지리라. 일에 무엇을 버리고 생에 무엇을 남기리오마는, 일을 버리면 몸은 수고롭지 않을 것이고 생을 잊으면 곧 정신이 온전하게 된다. 몸이 온전하고 정신이 본 자리에 돌아가면 하늘과 더불어 하나가 되리라.

천지는 만물의 부모다. 합하면 체物形를 이루고 흩어지면 처음으로 돌아가는 것이다. 몸과 마음이 온전하면 이를 일러 조화와 함께 변화함이니, 가리라 저 천지의 활동을 도우는 그곳에까지.

하늘의 피리 소리

옛날 어느 왕이 현자에게 물었다.

"알고 짓는 죄가 큽니까, 모르고 짓는 죄가 큽니까?"

"모르고 짓는 죄가 더 큽니다."

왕이 다시 물었다.

"모르고 짓는 것은 과실이요 알고 짓는 것은 죄가 되거늘, 어찌해서 모르고 짓는 죄가 크다고 합니까?"

"왕이시여, 여기 발갛게 달군 쇳덩이가 있다 합시다. 알고 집는 사람과 모르고 집는 사람, 이 둘 중에 누가 화상을 많이 입겠습니까?"

왕이 대답했다.

"그야 알고 집는 사람이 더 적게 데겠지요."

"그렇습니다. 모르고 짓는 죄는 자기를 반성할 여지도 없습니다. 그래서 더 큰 죄를 지어도 도무지 양심의 가책조차 없습니다."

또 있다. 알고 지은 죄는 하나이지만, 모르고 지은 죄는 모른 죄

하나, 지은 죄 하나, 그래서 죄가 둘인 것이다.

　사람은 기필코 알아야 할 의무가 있다. 마치 운전기사가 도로교통 법규를 알고 지켜야 할 의무가 있듯이….

　사마온공司馬溫公의 권학가勸學歌에 다음과 같은 구절이 있다.

　　　자식을 기르면서 가르치지 않음은 아비의 허물이요

　　　가르치기를 엄히 하지 않음은 스승의 게으름이라

　　　아버지가 가르치고 스승이 엄한데도 학문을 이루지 못하면

　　　그것은 자식의 죄니라.

　　　養子不敎父之過 訓導不嚴師之惰

　　　父敎師嚴兩無外 學問無成子之罪

　지금은 가르침이 없다, 윤리의 가르침이. 효도하지 않는 자녀는 남의 집 아이와 다를 것이 없고, 철없는 아내와 시근始根 없는 남편을 만나면 남은 일생이 가히 짐작이 가고도 남는다.

　향香은 깎을수록 향내가 더하고 똥은 휘저으면 저을수록 끝까지 냄새가 나니 부단한 자기 수행이 있어야 한다.

　옛말에 지혜로운 자의 마음은 초상집에 있고, 어리석은 자의 마음은 잔칫집에 있다고 했으니, 다 불멸의 진리다.

　창 앞에서 고요히 고전을 읽으라. 명징한 그대의 영혼에 문득 천상의 피리 소리가 들릴 것이다.

신은 어디로 향하는가

　어느 잡지사 기자가 찾아와서 '신의 행방'이란 제목으로 글을 부탁했다. 아니 보지도 듣지도 못한 신의 행방을 찾다니, 이 무슨 말인가 하고 정색을 했더니, "그냥 있다 해도 좋고 삶아 먹었다 해도 좋습니다"라는 권유에 또 한번 나는 실없는 사람 속에 다시 실없는 사람이 되었다.

　태곳적 사람은 해가 뜨면 엄숙한 종교 기분에 젖고 해가 지면 그냥 그렇게 보금자리에 들었다. 그 방대한 성경 주석서도 없었고 태어나고 다시 태어나도 다 읽지도 못할 불경도 없었다. 어이해서 이理와 기氣가 생겨서 나는 정통正統이요 너는 비정통非正統이란 말인가? 이와 기가 없는 곳에 정통이 없다.

　군자는 불기不器다. 공자가 자공子貢에게 준 호련瑚璉은 그것이 아무리 값진 것이라 할지라도 깨뜨려야 할 것이다. 성경 없는 상고 시대에 아담은 920세, 에노스는 905세, 사서삼경 없는 그 옛날 천황씨

天皇氏는 목덕木德으로 18,000년, 지황씨地皇氏도 18,000년, 이것은 종교 이전의 조화調和. 물론 사람이 학문과 책을 통해서 궁리를 한다. 하지만 더욱 중요한 것은 근본이 아닐까 해서 하는 말이다.

그런데 그렇지 않는 사람들도 있다. 자기의 독실한 신심信心을 확인이라도 시키려는 듯 돌팔매로 남을 때린다. 에모리대학 알라이저 교수는 부정적인 입장에서 신학을 다루려 하다가 사신신학死神神學이라고 하도 돌팔매가 집안으로 날아들어오는 바람에 결국 뉴욕 쪽으로 이사를 갔다고 한다.

이 글을 읽으면서도 나에게 돌팔매를 던지는 자가 있으리라. 지금 우리가 보고 듣는 중동 문제만 해도 그렇다. 그곳에는 종교인 아닌 사람이 없다. 이스라엘로 말하면 유대교의 성지요, 기독교의 성지요, 이슬람교의 성지다. 그곳은 모두가 종교인이요 신앙인이다.

그렇다면 그곳은 참으로 낙원인가? 아니다. 더욱 문제가 많다. 지금도 문제의 실마리가 조금도 풀릴 기미가 없다. 왜? 그것은 어제 오늘의 단순한 이해 문제가 아니기 때문이다. 근본적인 종교문제로 항상 내가 옳고 네가 그르다고 하는 그릇된 신념 때문이다.

나는 주일마다 설교를 듣고 때로는 스님의 법문도 듣는다. 그런데 어떤 때는 스님이 성경을 인용하고 또 목사님이 불경을 인용해서 이해를 돕는 것까지는 좋으나 본래의 의미는 한참 어긋나는 것을 종종 본다. 다시 말하면 성경은 성경을 보는 눈이 있고 불경은 불경을 읽는 눈이 있어야 한다. 똑같은 도道라도 노자老子가 말하는 도와 공자孔子가 말하는 도의 의미가 다르다는 말이다.

우리 속담에 말살을 소살에 붙인 격이랄까. 예컨대 이런 것이다. 계로季路가 귀신 섬기는 것에 대해 묻자 공자께서 "사람을 섬기지 못하면 어찌 귀신을 섬기리오? 감히 죽음을 묻습니다. 생生을 알지 못하면 어찌 죽는 것을 알리오"라고 대답했다.

이 대목을 가지고 목사가 3대 성인 중 한 분인 공자도 죽음을 모른다 했지만, 우리 종교는 구원의 온전한 도리를 다 갖추었다는 식으로 설교하는 것을 여러 번 들었다.

이 얼마나 공자의 본의와 빗나간 말인가. 자로는 어느 때는 기도하자고 공자에게 요구하는 등 신심이 두터운 목사 같은 자다. 따라서 이 말씀은 항상 신에 대한 동경과 미래에 사는 목사 같은 자들을 위해서 말씀하신 것인데 오히려 반대로 이해하고 있는 것이다.

모른다는 것이 아니다. 근본에 힘쓰라는 말씀이다. 이해를 돕기 위해서 이야기가 조금 다른 방향으로 갔지만 이제 내가 알고 있는 신에 대한 신관神觀을 말하고자 한다.

유신有神이냐 무신無神이냐? 이 1과 0 사이는 인류가 존재할 때부터 사라질 때까지 던지는 절실한 문제일 것이다. 그러나 신을 직접 본다기보다는 우주공간, 삼라만상에 가득히 심오하게 작용하는 속에서 신을 느끼는 것이다. 그것을 이름하여 신이라, 법이라, 이理라, 태극太極이라, 도道라 해도 좋다. 절대 진리의 자리, 그러나 중심을 나에게 두느냐 아니면 신 쪽에 두느냐에 따라서 인본주의人本主義, 신본주의神本主義가 나온다.

불교에서는 인간의 무한한 능력과 긍정적인 면에서 출발해서 자유의 길로, 기독교는 인간은 아무것도 할 수 없는 부정적인 측면에서 출발해 자유의 길로, 유교는 여기도 저기도 치우침 없는 신도 인간도 떠난 중도中道를 말했을 뿐이다.

아주 어설픈 예이긴 하나 부처님의 제자가 되겠다는 약속은 불受戒로써 한다. 그와 반대로 예수님의 제자가 되겠다는 언약은 물洗禮로써 한다. 또 불교에서는 고기를 먹지 말라고 한다. 멸치국물만 마셔도 큰일 날 줄 안다. 기독교에서는 하느님의 창조하심이 생육하고 번성하여 땅에 충만하라.

땅을 정복하라. 바다의 고기와 공중의 새와 땅에 움직이는 모든 생물을 다스리라 하시니, 그래서 어떤 이는 죽으라고 뱀대가리를 내리갈긴다. 공자는 "낚시는 해도 그물질 하지 않으며 새를 잡되 자는 새는 쏘지 않더라" 했다. 건곤乾坤의 바탕體 위에 수화水火로 작용하기 때문이다. 나는 이 말을 좋아한다. 도가 도 됨이 사람에게서 멀면 도가 될 수 없다.

고원高遠하고 난행難行한 것이 아니라 지극히 평범한 그것이라야 한다. 그래서 율곡栗谷 선생은 일을 따라서 그 마땅한 바를 얻을 뿐이요, 현묘하고 기이한 것을 바라고 본받는 데 마음을 달리지 말라고 했다.

자공子貢이 공자에게 질문한 이 한마디로 나 또한 말을 마치고자한다. 자공이 공자에게 "죽은 사람이 지각知覺이 있습니까, 없습니까?" 하고 묻자 "내가 죽은 사람이 지각이 있다고 말한다면 장차 세상의 모든 효자孝子와 순손順孫들이 자기 사는 데 관계가 된다 하여죽은 부모를 보내는데 너무 지나치게 할까 두려우며, 내가 죽은 사람이 지각이 없다고 말한다면 세상의 모든 불효자들이 그 부모의시체를 그대로 버려두고 장사지내지 아니할까 두렵구나. 사야! 賜는자공의 이름 네가 만일 죽은 사람의 지각이 있고 없는 것을 알고자 한다면 뒷날에 가서 자연히 알게 될 것이니 오늘의 급무急務가 아니니라" 하셨다.

그렇다. 파리 한 마리 만들지 못하는 인간 주제에 온갖 잡신을 만들지 마라. 신이 있으므로 내가 존재하고 내가 있어야 신이 있다는것을.

군자는 근본에 힘쓸 것이니 근본이 서면 도가 생기나니 효도스럽고 공경스러움은 그 인仁의 근본이다.

마음에 스승이 없다면

오랜만에 김군이 예쁜 여자 친구를 데리고 와서, 모 일 모 예식장에서 결혼식을 올린다고 한다. 제딴에 나를 스승이라고 인사 온 것은 고마우나 내게 오기까지 과정은 어떠했을까? 또 저렇게 개성이 강하고 콧대 센 아가씨가 집은 누추하고 몰골은 보잘것없는 나를 보고 한심한 생각은 안 들었을까….

다소곳이 예를 다하는 장래 남편감을 보노라면 가소롭다고 여길지도 모를 일이다. 하여튼 똑똑하고 잘생긴 아가씨 앞에 초라한 나의 자존심은 차치하고, 김군의 체면을 위해서라도 한 말씀 하기는 해야겠다는 생각이 들었다.

"그래, 아가씨는 현재 살아 있는 여성 가운데 가장 존경하는 사람은 누구요?"

선뜻 대답을 못하고 머뭇거려 내가 다시 물었다.

"그럼 역사 속 인물 가운데 가장 존경하는 여성은 누구요?"

앞에 답을 시원히 못한 이상 뒤에 답도 시원히 나올 턱이 없다.

일류 피아니스트가 되려면 영국이든 독일이든 최고 피아노 선생님의 사사를 받아야 하고, 운동선수가 세계적인 스타가 되는 데도 뛰어난 코치의 지도를 받아야만 한다. 미술, 음악뿐만 아니라 학문의 경우도 마찬가지다. 왕대밭에 왕대 나고, 큰 스승 밑에 큰 제자가 나기 마련이다. 조치훈을 만나 열과 성을 다하여 바둑을 배우면 끝내 무엇이 되겠는가? 아마 명기사가 될 것이다. 유명한 작곡가를 만나 오직 한 생각으로 노래를 배우면 그는 틀림없이 유명한 가수가 될 것이다.

그러면 인생을 가장 멋지게 살려면 가장 멋지게 살다간 분을 스승으로 삼아 열심히 배워야 한다.

성인은 바로 인생을 가장 멋지게 살다간 표본이다. 누가 호랑이를 그려 보라고 하면 막연하겠지만, 잘 그린 그림을 옆에 두고 모방하면 그래도 쉽게 그릴 수 있다. 마찬가지로 막연한 내 주관적인 삶보다 거룩한 이를 본받아 간다면 인생살이가 한결 쉬워질 수도 있다. 개성과 특성은 모방이 있은 다음 논할 문제다.

그리고 이십, 삼십이 되어 아직도 마음속에 스승이 없다면 그것은 분명히 자기 삶을 소홀히 여기고 있다는 증거이니, 적어도 이런 면에 있어서는 아가씨보다 이 친구가 훨씬 더 현명한지도 모르겠다. 좀더 인생을 엄숙히 생각한다면 말이다.

흐르는 인생의 강가

활 만드는 사람은 활을 다루고
뱃사공은 배를 다루며
목수는 나무를 다루고
지혜 있는 사람은 자신을 다루네

강물은 흘러흘러
다시 돌아오지 않듯이
사람의 목숨 또한
한번 가면 돌아오지 않네

법구 비유경 무상품法句譬喩經無常品의 말이다. 또 어느 때 공자님
은 강둑에 서서 흘러가는 강물을 보며 이렇게 탄식했다.
"가는 자 이와 같구나, 주야로 머물지 않으니."
그렇다. 우리는 흐르는 인생의 강에서 다시 오지 못하는 길을

흘러가는 것이다. 무엇을 위해 힘쓰며 또 주어진 나의 시간을 어떻게 보낼 것인가? 이것은 누구나 한 번쯤 갖는 의문이지만 궁진窮盡히 하지 못하는 데에서 우리는 항상 어제도 그 사람, 오늘도 여전히 그 사람일 뿐이다.

나도 여기에 나의 길을 모색한다. 시내에 나가보면 옷을 똑같이 입은 사람은 하나도 없다. 또 큰 서점에 들러보면 수없이 많은 책들이 진열되어 있다. 옷이 다르다는 것은 마음이 같지 않고 각자의 기호嗜好가 다르다는 증거요, 그토록 많은 책들이 길을 제시하고 있지만 보편타당한, 곧 시공을 초월하는 절대의 진리는 없다는 것이다. 아무리 무엇을 열심히 한다 해도 그것이 무엇을 하는지, 왜 하는지를 알지 못한다면 이는 광인狂人이 하는 짓과 무엇이 다르랴.

이런 비유가 있다. 어느 때 기원정사祇園精舍에 부처님이 계실 때의 일이다. 재주가 아주 특출한 젊은이가 있었다. 그는 스스로 이렇게 다짐했다. 천하의 기술을 기필코 다 알고야 말겠다. 만약 한 가지라도 모르는 것이 있다면 밝게 통달通達하고야 말겠다." 그리하여 여러 스승 밑에서 많은 일을 배워 여러 가지로 통할 수 있었다. 장기, 활쏘기, 배젓는 것, 목수 등….

그토록 많은 기술과 지식을 가지고 이제는 세상에 나보다 나은 자가 어디 있겠느냐며 자랑을 하고 다녔다. 그러다 부처님이 걸식하기 위해 지팡이를 짚고 바리를 들고 거리에 나갔을 때 그와 마주쳤다. 그 젊은이는 자기 나라에서는 아직 수행승을 본 일이 없으므로 부처님을 보자 무엇을 하는 사람인지 궁금해서 탁발승^{부처님}에게 물었다.

"당신은 어떤 사람이기에 형상과 옷이 보통 사람과 다릅니까?"

탁발승은 대답했다.

"나는 나 자신을 다루는 사람이오."

젊은이는 의아해서 다시 물었다.

"아니, 내 자신을 다루다니요? 무엇을 가리켜 자신을 다룬다고 하십니까?"

탁발승은 게송偈頌으로 말했다.

> 활 만드는 사람은 활을 다루고
> 뱃사공은 배를 다루며
> 목수는 나무를 다루고
> 지혜 있는 사람은 자신을 다루네
>
> 아무리 바람이 거세게 불지라도
> 반석은 흔들리지 않는 것처럼
> 지혜 있는 사람은 그 뜻이 굳어
> 비난과 칭찬에도 흔들리지 않네.

젊은이는 이 계송을 듣고 눈이 번쩍 떠진 것은 말할 것도 없다.

젊은이는 기술의 노예가 되어 있었지 진정 인격으로써 기술을 쓸 줄 몰랐기 때문이다.

　논어論語에 이런 말이 있다. 사람에게 볼만한 재주와 예술이 많으나 멀리 이상理想의 세계를 가는 데는 그것이 오히려 방해됨이 많다.
　정말 현대인에게 다시 한 번 생각하게 하는 구절이다. 이 세상은 커다란 백화점같이 각양각색의 구색이 갖추어진, 무엇이든 살 수 있는, 없는 것이 없는 그런 것과 같다.
　그러나 또한 하나도 같은 것은 없다. 나 또한 둘이 아닐진대 그 속에 진정한 자기 모습과 전체의 조화를 깨지 말아야 할 것이다. 저 흐르는 물과 같이 쉼이 없을 것이다. 생명수는 지나는 곳마다 많은 고기를 살게 하며 푸른 초원을 이루고, 썩은 물은 가는 곳마다 오염시키며 모든 것을 죽인다. 공장에서 흘러나오는 폐수같이.
　그래, 깨끗이 흘러가자. 바위 있으면 돌아가고 빈 곳은 채워가며 내리막길엔 뛸 줄도 안다. 형편과 때를 알며 고집하지 말자. 또 물은 내려갈수록 깊어진다. 출발하는 계곡 근원의 물은 얕으나 저 밑 바다 가까운 강물은 갈수록 깊다. 익을수록 고개 숙이고 더욱 겸손한, 그래서 끝내는 저 이상의 바다에 도달하는 한 줄기 물과 같이.

두만강 푸!

　　사람들은 모두 자기는 오래 살 것을 믿고 또 남은 세월 편히 먹고 마시기 위해서는 어떠한 희생이나 노력도 아끼지 않는다. 그러나 하늘은 그것을 기다려 주지 않는다.

　어느 추석 전날 밤이었다. 도로에서 교통사고가 났다고 웅성거리는 소리에 궁금하여 나가 보았더니 한 사람은 즉사하고 두 사람은 중상을 입고 벌써 병원으로 옮겨 간 뒤였다. 그들이 탔던 오토바이만 가로수에 부딪쳐 박살이 나 있었다. 길가엔 그들이 남기고 간 흔적이라곤 담배 한 갑, 동전 몇 닢이 굴러떨어져 있을 뿐이었다.

　이렇듯 삶이란 허망하고 불완전한 것일까? 그들은 불과 몇 분 전까지만 해도 거나하게 취해서 인생을 노래하고 오래오래 살 것을 믿었으리라. "두만강 푸른 물은~" 하고 목청껏 부르면서. 그러나 1절도 채 마치기 전에 그들은 인생을 끝마쳤다. '두만강 푸!' 까지만 하고….

다시 한 번 돌아보자. 내가 섰다 간 자리에 무엇이 남을까? 그들은 겨우 담배 한 갑, 동전 몇 닢, 그것밖에 더 있는가? 나를 돌아보고 하루를 돌아보며, 참으로 지혜롭고 복되게, 그래서 후회 없고 흠 없는 삶을 살 것이다.

도연명陶淵明은 이렇게 읊었다.

> 인생은 튼튼한 뿌리와 꼭지도 없으니
> 표연히 날리는 티끌 같구나
> 이곳저곳 바람 따라 전전하니
> 이 몸은 이미 불변의 몸 아니어라
> 땅에 떨어져 형제가 됨이
> 어찌 반드시 골육의 친척 뿐이리오
> 기쁨을 얻으면 마땅히 즐거워하고
> 술이 있으면 마땅히 가까운 이웃 부르라
> 젊은 날은 두 번 오지 않고
> 하루 또한 새벽 두 번 없는 법
> 때에 따라 마땅히 힘쓰라
> 세월은 사람을 기다리지 않누나.

> 人生無根蒂 飄如陌上塵 分散逐風轉 此己非常身
> 落地爲兄弟 何必骨肉親 得歡當作樂 斗酒聚比隣
> 盛年不重來 一日難再晨 及時當勉勵 歲月不待人

강아지 제문祭文

　쫑! 지금도 딸랑딸랑 방울 소리를 울리며 달려올 것만 같다. 그 동그란 티없이 순박한 눈에 꼬리를 살래살래 흔들며 올려다보던 그 모습을 이젠 다시는 볼 수 없구나.

　쫑아! 어쩐지 너는 죽은 것 같지 않구나. 인간들이 놓은 쥐약을 먹고 그렇게 고통 속에 몸부림치던 너의 마지막 모습을 안타깝게 지켜보면서 찡해지는 눈시울을 혼자서 감춘다.
　사람은 흐리락맑으락 그런 날이 있으나 너는 삼백육십오일 언제나 한결같은 마음으로 주인을 섬겼다. 너는 한 번도 너의 직분을 게을리한 일이 없다. 낯선 손님이 오면 대문간에서 네가 먼저 맞아 주인에게 고했지.

　쫑! 우리는 알량한 말을 넘어 눈빛으로 통했다. 나는 때로는 너에게 학대하고 섭섭하게 대한 일이 있으나 너는 한 번도 나에게 불만

을 표시한 일이 없다. 오직 먹여 주고 재워 주는 것만으로도 오히려
황감했을 뿐, 그러나 이젠 너는 너의 일을 다하고 갔다.

잘 가거라, 쫑아!
먼 훗날 다시 만나는 그날 이미 우리는 주종主從은 아니리라.
굿바이, 쫑이여!

어떤 삶

부귀와 명예와 욕망은 사람의 마음을 이토록 병들게 하는가? 어떤 풀벌레는 교미를 하면서 암컷에게 잡아먹히는 것도 있다. 기가 찰 노릇이다. 개미가 꿀독에 빠져서 제가 죽게 되어도 나올 줄을 모르는 것과도 같다. 부귀가 사람의 마음을 병들게 함도 이같이 심하니 무엇으로 더 비유하겠는가.

중종 때에 황진이는 이름이 널리 알려진 명기였다.

원래 개성에서 문벌이 상당한 진사進士의 딸로 인물이 일국에 소문이 났었는데, 인근에 사는 총각이 첫눈에 반해 그만 세상 모든 일에 의미를 잃어버렸다. 드디어 이룰 수 없는 사랑의 병은 저만치 슬픈 정을 남긴 채 저승에 이르렀다. 애달픈 혼백을 실은 상여가 마을을 나섰다.

에헤요 에헤요
에화넘차 에헤요

조석상대 하던 권속

부운浮雲같이 헤어지고

죽자사자 하던 친구

유수같이 흩어져서

저절로 독부獨夫 되니

허희탄식뿐이로다.

부럽도다 소년들아

젊었을 때 덕을 닦소

빈객삼천賓客三千 맹상군孟嘗君도

죽어지면 허사로다.

영웅인들 늙지 않고

호걸인들 죽잖을까

영웅도 자랑 말고

호걸도 말을 마소

만고영웅 진시황도

여산추초 잠들었고

글 잘하던 이태백도

기경상천騎鯨上天하여 있고

천하명장 초楚 패왕도

오강월야烏江月夜 흔적 없고

구선하던 한漢 무제도

분수추풍汾水秋風 한탄이라

천하 명의 편작扁鵲이도

죽기를 못 면하고

만고일부萬古一富 석숭石崇이도

할 수 없이 돌아가네

에헤요 에헤요

에화넘차 에헤요

원통하고 애닯도다

내 사랑을 어이하리

이내 몸은 자규 되어

그대 잠든 베개맡에

골골이 울어 볼까

그래도 못 잊으면

소슬주야 명월하에

실솔蟋蟀 되어 울며 새리

에헤요 에헤요

에화 넘차 에헤요

그런데 때마침 그의 상여가 황진이의 문전을 지날 때 상여꾼의 발
이 땅에 붙어 떨어지지 않으니 혼백도 차마 그 집 앞을 그냥 지날

수는 없었던 모양이다. 여러 사람이 당황하여 어찌할 줄 모르더니, 어떤 사람이 황진이에게 죽은 사유를 말하므로 황진이는 그 혼을 달래고 스스로 생각하기를, 내가 세상에 나서 사람을 살리진 못할 지언정 나의 아름다움으로 오히려 사람이 죽는다면 그 죄악을 어찌할까. 차라리 가거라 정조여! 가문이 무엇이고 체면이 무엇이냐. 오직 자유롭게 나를 필요로 하는 사람과 함께하리라. 그리고 기문妓門의 길을 스스로 들어갔다.

사람은 대개 도덕에 뜻을 두고 사는 사람, 명예심에 사는 사람, 부귀에 뜻을 둔 사람, 이렇게 세 부류가 있다.

가슴속에 도덕을 품은 사람은 적어도 명예에 흔들리지 않는다. 이런 사람은 비록 명아주국을 먹고 쑥대로 사립을 했을망정 오히려 진주보다 빛나고, 바싹 말랐을망정 눈동자가 맑고 목소리는 낭랑하게 은하수를 넘는다.

포박자抱朴子의 말처럼 초려삼간 속에서도 구중궁궐의 낙이 있으니 어찌하여 파리 날개로 구만리 창천을 날고, 절뚝거리는 자라의 다리를 재촉하여 토끼의 뒤를 쫓고, 모모嫫母와 같은 추한 모습을 화장하여 중매쟁이의 찬미를 기대하고, 자갈처럼 천한 물건을 스스로 자랑하여 보석상에게 천금을 요구할 수 있으리오.

차라리 본분으로 돌아감만 못하다.

첫째 사람은 분수를 알고 자족할 줄 아니 그는 천지로서 창고를 삼는 자다.

둘째 사람은 명예심이 가슴속에 가득한 자로 적어도 정의를 중히 여겨 불의와 타협하지 아니하고, 그래서 적어도 부귀로는 꼬일 수 없다. 비굴한 짓은 하지 않으나 아직 마음속에 남을 의식함이 있다.

셋째 사람은 오직 부귀영화에만 가슴을 태우는 자니 낯빛은 양과 같이 꾸미고 뱀같이 교활하여 제게 득이 되면 어떤 짓도 마다하지 않으며, 갖가지 변명과 꾸밈으로 세속과 함께해서 도무지 자책할 줄 모르는 사람이다.

그런 사람은 제일 하등인간이니 죽어도 옆집 개 돼지 한 마리 죽은 듯하여 조금도 측은한 마음이 일어나지 않는다. 오히려 아픈 이가 빠진 듯하여 가슴이 후련하다. 정말 그렇다. 영화나 연극에서도 악인이 죽으면 관객들은 좋다고 박수를 치지 않는가. 천당 갈 사람, 지옥 갈 사람, 벌써 이 세상에 다 정해져 있으니 남에게 시기 받아 지옥에나 갈 놈 하면 그건 천당 가기 이미 틀린 것이다. 저건 인간도 아니다 하면 다음 생도 인간 되기 어렵다. 눈총 지탄, 그것도 많이 맞으면 죽는다.

나는 황진이의 윤리성을 논하고자 한 것이 아니다. 모름지기 가진 자도 자기의 아름다움을 잊으라. 그리고 함께 나누라. 부자는 부를 잊고 권력자는 권력을 잊어야 한다.

함께하면 공적公的이요 혼자 하면 사적私的이다. 내게 이롭고 즐거움 됨만 찾아가면 결국 그것이 악으로 가는 길목이요, 화禍의 계단인 것이다. 처음부터 선과 악이 어디 있겠는가.

죽어서도 억울한 춘향이

고전은 인생의 의미에 관한 우리 의문에 바로 답변을 주지는 않지만 우리에게 생각을 멈추지 않도록 장려하며 삶의 진기함을 들여다볼 수 있게 해 준다. 그것이 비록 고통의 세계라 할지라도 말이다.

오늘날 전 세계의 학교는 정부와 업계로부터 문학 따위는 집어치우고 일하는 데 필요한 기술과 지식을 가르치라는 압력을 받고 있는 실정이다. 기업은 별 저항이나 불평 없이 고된 작업 환경을 받아들일 준비가 된 근로자를 필요로 한다.

그런데 책을 많이 읽은 사람은 자신의 생각과 감정을 인지하고 자신을 한 틀에 집어 넣으려는 시도에 저항한다.

고전을 읽으면 창의적 개인주의가 강화되는데, 그것은 현 세계에서는 그리 환영받지 못한다. 그래서 「춘향전」은 너무나 잘 알기 때문에 멀어진 것이 아닌가 싶다. 이번 기회에 읽어 볼 수 있어 더욱 다행이다.

춘향과 이몽룡의 관계는 계급적 신분보다 오히려 그것을 초월한 젊은 남녀의 애정으로 설명되어야 한다. 계급적 요인은 애정 문제에 있어서 제동과 상승의 역동적 작용을 하고 있을 뿐이다. 이 점은 이몽룡과의 첫 대면에서 한 춘향의 솔직한 고백에서 잘 나타나 있다.

춘향은 두 사람의 사랑을 가로막는 저항으로서 신분 격차를 내세웠다. 그러나 이것은 이몽룡의어쩌면 춘향도 감정을 표면적으로 제동하면서 이면적으로 상승시키는 구실을 하고 있다. 신분 문제는 신분 대립 그것에 목적이기보다는 두 사람을 가열시키는 금기 파괴에 이르게 하는 장치로써 작용하고 있다.

과연 이몽룡은 신분의 제동에 걸리자 반사적으로 더욱 열광하여 기어코 사랑의 금석뇌약金石牢約을 맺고야 만다. 춘향의 불경이부절不更二夫節과 금석뇌약은 사랑에 관한 일종의 쌍무협정을 의미하며, 결국 그들은 사랑의 의무를 지키게 된다.

「춘향전」은 사랑의 약속에 충실한 두 남녀의 이야기다. 그러나 약속에 충실한 이야기가 되기 위해서는 약속을 위협하는 장치가 설정되는 것이 당연하다. 전혀 위협받지 않는 약속의 이행이란 작품 문맥으로 보아도 무의미하다. 위험이 극대화되면 될수록 그것을 극복하고 지켜진 약속은 약속으로서의 의미를 더욱 확실하게 하기에 감동적인 숭고한 사랑을 위해서 강력한 위협이 되는 장애를 설치하였다.

신분사회에서 신분 격차는 주관적 · 객관적 장애요인으로 작용할 수 있다. 이것은 제일 먼저 당사자 자신의 심리적 요인으로 작용할 수 있기 때문이다. 두 사람은 서로 사랑하면서도 내면적으로 서로 간의 신분 격차를 의식함으로써 사랑의 맹목성에 제동하고 있기 때문이다. 동시에 그 제동에서 자유로워지려고 한다.

이와 같은 잠재적인 내면적 갈등은 결정적인 사건 때마다 노출되고 있다. 요컨대 신분 격차는 두 사람의 사랑에 제동을 걸고 동시에 그 사랑을 상승시키는 역동적 구실을 하고 있다. 이들은 이것 때문에 좌절하고, 절망하고, 또 반대로 반발하고 강해진다.

우리 고전 판소리 가운데 흥부전은 형제의 의義를, 적벽가는 충忠을, 심청전은 효孝를, 춘향전은 부부의 정절貞節을 이야기하고 있다.

최근에 춘향전을 신분 상승 운운하는 것은 죽음으로 사랑을 지키려 했던 춘향이에게 너무나 모독적인 말이다. 죽은 뒤에 어찌 신분 상승이 있단 말인가? 옛글 능엄경楞嚴經에 달을 가리키는데 손가락을 달로 착각하는 자는 달만 잘못 본 것이 아니라 손가락까지도 잘못 본 것이다. 그 사람은 손가락만 모를 뿐 아니라 밝음과 어두움까지도 모르는 자라고 했다.

다시 말하면 한 일이 어긋나면 모든 것이 다 어긋난다는 말이다. 진실한 사랑은 그 진실만큼 책무貞節가 따른다. 오직 이같이 진지한 사랑을 해 본 사람만이 그런 사랑의 가치를 논할 수 있으리라.

가야산 등정기

평소에도 늘 책을 읽고 있지만 며칠이고 집을 떠나 막혔던 속이 확 터지도록 글을 한번 읽어 봤으면 하던 터라 연말 연휴를 이용하여 제자 서넛과 함께 가야산에 갔다.

그들은 침착하면서도 겸양할 줄 알고 학문에 서두르지 않는 것이 이미 앞뒤의 일을 분별할 줄 아는 듯하다. 그리고 말 없이 실천하는 것이 대견스럽고, 편견과 곡학曲學으로 자기 고집이나 부리고 어른 아이를 가릴 줄 모르는 그런 젊은 사람과는 거리가 멀다. 요즘 보기 드문 청년들이다. 이들과 함께 있으면 마냥 든든하고 즐겁다.

홍류동 어귀에서 내려 며칠 묵을 식량이 든 배낭을 하나씩 메고 비스듬한 길을 따라 올라가니 때아닌 겨울비가 내린다. 그렇게 많이 내리는 건 아니어서 비를 맞으며 숙소까지 걷기로 했다. 암갈색이 되어 무참히 쓰러진 낙엽 위를 빗방울이 적시니 더욱 처량하다. 이상하게 등산객도 끊어지고 산새의 울음도 지금은 들리지 않는다.

하긴 누가 우리처럼 겨울비를 맞으며 걷겠는가. 모든 것이 정지되어 있는 듯하다.

산 밑에 있는 작은 여관 뒷방을 얻어 대충 짐을 정리하고 저녁을 먹고 나니 하늘은 더욱 캄캄하게 짙어지더니 이제는 진눈깨비로 휘날린다. 시간이 갈수록 눈은 더욱 쌓여가고 장엄한 가야산은 침묵으로 집 떠난 자의 마음을 형언할 수 없는 감상으로 몰고 간다.

밤이 깊자 방에 불을 따뜻하게 넣어 달라고 부탁해 놓고 각자 가져온 책을 면벽하여 말 없이 읽는다. 모두 침묵으로 일관하고 변소 길 출입도 조심함은 남의 마음을 산란케 할까 염려함이다.

이튿날 눈을 뜨니 말문이 막히고 아! 탄식 소리밖에 나오지 않았다. 밤새도록 조화옹造化翁은 우리를 위해 기막힌 작품을 만들어 놓았다. 우리가 잠들었을 때 산은 저와 같은 대역사를 이루어 놓았다.

아침을 챙겨먹고 들뜬 마음으로 산 정상에 올랐다. 간밤의 눈비로 겨울 하늘은 더없이 푸르고 우리가 지날 때마다 수목들은 눈을 이고 있다가 살짝 뿌려 주고, 때로는 왕창 우리 머리 위로 눈을 쏟아 붓는다. 천지가 온통 티끌 하나 없는 순백의 세계다. 정상이 가까울수록 경관은 더욱 기막히다.

작은 솔잎 하나도 백수정으로 빛나고 하얀 기암절벽마다 백산호는 천태만상으로 흐드러지게 피었다. 바람이 불 때마다 환호의 손짓은 끝없는 열정의 몸부림으로 요동치다 저 멀리 계곡으로 사라졌다가 다시 이어진다. 앞서가는 어떤 사람이 넋을 잃고 탄식했다.

"인간은 너무 보잘것없다. 천지 자연은 하룻밤 사이 이토록 기기묘묘하게 천지를 꾸몄거늘 인간의 힘은 정말 보잘것없는 것이다. 내 잘났다고 떠들고 천만 년 살 것같이 온갖 교만 떠는 것이 이 장엄한 자연 앞에서는 너무나도 허망한 일이로다!"

나는 그 말에 대답했다.

"그렇지 않다. 자연보다 위대한 것은 자연을 아는 것이다. 우리가 이런 것을 만들 수 없다 해서 무능한 것은 결코 아니다. 설령 우리가 아무것도 이루고 만들 수 없다 해도 우리는 보잘것없는 것이 아니다. 이렇게 장엄하게 이루는 것은 천지 자연의 위대한 힘이지만 그것은 천지 자연이 맡은 직분이다. 우리는 이 장엄함을 누리고 즐거워하면 그뿐인 것이다. 이 얼마나 편안하고 복된 일이냐? 이것이 다 인간을 위하여 베푼 조물주의 배려이니 이 무진장한 가운데 내 마음속에 부족함이 없다면 그 무엇을 한恨하랴? 나는 다함 없는 천지 자연에서 역시 무궁한 내 마음을 본다."

그는 내 말에 더 이상 답은 않고 묵묵히 산만 오른다.

산장에서 따끈한 라면과 커피까지 한잔 하고 내려오니, 어느덧 하루도 저물어 가고 길은 철벅! 철벅! 눈이 녹아 개울물 소리가 더욱 높아졌다.

진흙길을 미끄러지며 자빠지며 개울 따라 내려오니 피곤이 나른하게 밀려온다. 내려올수록 눈은 더욱 녹아 개울물은 깊어지고 바위와 얼음 밑을 그도 나만큼이나 황황遑遑하게 가고 있었다. 그 어디메로….

도인道人과 예인藝人

　　도인과 예인을 한마디로 정의내리기는 쉽지 않다. 사람의 마음속에는 항상 두 마음이 존재한다. 도인은 자연과 대상을 초월하여 자유롭게 살고자 함이요, 또 예인은 아름다운 대상에 몰입하여 즐기고자 함이다.

　　예인은 삶의 진통과 고뇌를 체험함으로써 창작, 향수享受의 활동을 끝없이 전개한다. 여기서 예술의 다양성과 다면성을 다 말할 수는 없지만 조형예술, 회화, 음악, 문예, 연극, 무용 등 인간의 감각기관만큼이나 예술도 다양하다. 하지만 어떤 예술이든 체험, 창작, 향수 세 과정은 거쳐야 이루어진다.

　　그런데 여기에 심각한 문제가 있다. 인생은 짧다. 과연 우리는 지극히 작은 일부분에 인생을 맡겨야 하며, 또 진정 고뇌를 통해서만 고뇌가 없는 곳으로 갈 수 있단 말인가.

　　나는 예술 방면에는 재능을 가진 게 없다. 그러나 마음은 음악을 들으면 음악인이 되고 싶고, 그림을 보면 화가가 되고 싶고, 하고 싶은 것은 많은데 몸은 하나요 욕망은 만가지니, 나도 도연명처럼 무현금無鉉琴이나 퉁길까?

인생은 두 번 살 수 없다. 그러니 어찌 연습이 있겠는가. 고뇌를 통해서 열반에 간다면 난 차라리 열반을 모를지언정 고뇌하지 않겠다.

흡사 그것은 이런 이야기와 같다. 누워 쉬는 사람이 어느 날 갑자기 편치 않다고 발을 들보에 매달아 스스로 고통을 받았다. 그러다 정말 죽을 지경에 이르렀다. 어찌어찌하다가 겨우 풀렸을 때 그는 말했다.

"아, 다시 살았구나! 나는 누워 있는 것이 얼마나 편안한가를 깨달았다. 그대들도 들보에 매달리라. 그리고 죽음까지 이르러라. 그러면 나같이 자유하리라."

그래서 사람들은 들보에 매달리기에 바쁘다. 그리고 그 끈이 풀린 자는 만에 하나요, 대개는 풀려고 하다가 중도에 거꾸로 매달려 죽은 자가 허다하다. 참으로 기가 막히는 일이다.

사물에 부딪치지 않으면 결코 감응이 일어날 리 없다. 외물에 안 빠지고 예술을 이룬 사람 없고, 외물에 빠져서 도를 이룬 사람도 없다.

예술은 몰입이요 도는 벗어남이다. 도와 예술은 불공 대천지 원수다. 두 길은 끝내 만날 수 없는가. 이런 이야기가 있다.

선조대왕 때 예안禮安 학자 퇴계 선생을 모셔올 적에 만조백관을 명하여 남대문 밖에 나아가 맞아들여오라 하자, 남문 밖 하처何處에

퇴계와 백관이 좌정해 있는데 십육칠 세쯤 된 소년이 와서 퇴계에게 절하고 무릎 꿇고 말하기를,

"소생은 이항복李恒福이라고 합니다. 산장山丈께서 독서를 많이 하여 모르시는 일이 없다 하기에 여쭈어 볼 말씀이 있어 왔습니다. 조선 말에 여자의 소문小門을 보지라 하고 남자의 양경陽莖을 자지라 하니 그것은 무슨 뜻입니까?"

그러자 퇴계는 얼굴을 고치고 기꺼이 대답하기를,

"여자의 소문은 걸어다닐 때면 감추어진다 하여 걸음 보步, 감출 장藏, 갈 지之 세 자字로 보장지라 하는 것인데 말하기 쉽도록 감출 장은 빼고 보지라 하는 것이요, 남자의 양경은 앉아 있을 때면 감추어진다 하여 앉을 좌坐, 감출 장藏, 갈 지之 세 글자 음으로 좌장지라 하는 것인데 그 역시 말하기 쉽도록 감출 장은 빼고 좌지라 하는 것을 와전하여 자지라 하는 것이다."

그러자 이항복이 또 묻기를,

"그것은 그런 줄 알겠습니다만 여자의 보지를 씹이라고도 하고 남자의 좌지를 좆이라고도 하는데 그것은 무슨 뜻입니까?"

퇴계 선생이 또 대답하기를,

"여자는 음기라 젖을 습濕자 음으로 습이라 하는 것인데, 말에는 되게 소리 내는 것이 많으므로 습자를 된소리로 씹이라 함이요, 남자는 양기를 마를 조燥자 음으로 조라 하는 것인데 그 역시 음을 되게 하여 좆이라 함이 된다."

이항복이 또 묻기를,

"그도 그런 줄 알겠습니다만, 조선말은 음이 된음이 많다는 것이 무슨 증거가 있습니까?"

퇴계 선생이 답하기를,

"한두 마디로만 예를 보이건대 조단條段을 쪼단이라고도 하고 수닭雄鷄를 수탉이라고 함이 증거이며 그 외에도 되게 하는 말이 허다하다."

이항복이 듣기를 다하더니 "말씀을 듣자오니 이치를 알겠습니다" 하고 일어나 물러감을 고하고 천연스레 나갔다. 그 거동을 보는 여러 사람들이 해연히 여겨 서로 돌아보며 하는 말이, 뉘 집 자식인지는 모르겠으나 어린 녀석이 어른들 자리에서 무례한 말을 함부로 하니 버린 자식이라고들 하자, 그 말을 듣던 퇴계가 말하기를,

"당신들은 어찌 그를 무례하다, 버렸다 하시오. 사람마다 부모에게서 신체가 생겨날 때에 좌지와 보지를 백체百體의 일부로 타고난 것이요, 또 글자음으로 이름지어 부르는 것인데 그 말을 함이 무슨 무례가 됩니까? 다만 음양이 서로 통함을 혐오하는 까닭으로 부인네들은 그 이름을 흔히 부르지 않지만 정당한 마음으로 말할 적에야 백번 부르기로서니 거리낄 것이 무엇 있겠습니까? 내가 아는 것은 없소이다마는 그 소년이 나를 처음 보고 음양 이치부터 물으니 그 소년은 이 다음에 나라에 주석지신柱石之臣이 되어 이음양순사시理陰陽循四時 할 만한 사람인 줄 알겠소이다"라고 하자 좌중이 그제야 탄복하였다.

이 이야기에서 우리는 쌍스러움을 조금도 느낄 수 없다. 왜일까? 대소 대신들이 이항복을 버린 자식이라 함은 자기 생각을 묻혀서 생각함이요, 퇴계 선생은 비록 남녀의 생식기라도 이음양순사시로 정갈하게 생각함이다. 그래서 옛말에도 소는 물을 마시면 우유가 되고 뱀은 물을 마시면 독이 된다 했다.

이 세상에 아름다운 마음보다 더 아름다운 것은 없으며, 고매한 인격보다 더 심금을 울리는 것은 없다. 사랑하는 애인의 목소리는 바로 음악 자체이며 자식을 위해 땡볕에 일하는 어머니는 그 행위가 노동일지라도 바로 숭고한 예술이다. 노동 그 자체가 바로 감동이기 때문이다.

멋있는 삶보다 더 큰 예술은 없으니, 가장 위대한 사람의 일생은 선량한 동시에 아름답다. 때문에 "도덕의 극치는 바로 예술의 극치"라 했다.

예는 도를 싣는 그릇이요 도는 예의 바탕이다. 도는 예를 통해서만 드러나고 아름다운 마음 없이 기예技藝만 익힌 자는 장인匠人에 불과하다. 아름다운 마음은 달리達理함이니 곧 자연과 함께한다.

음악을 예로 들면 음악의 기본은 황종黃鐘이다. 황하다 하는 것은 중의 색이요, 종은 씨앗이니 양기가 황천에 잠맹되어 만물이 자子에서 움트니 황종은 자의 기운이라. 그 절후는 동지요, 그 괘는 건乾의 초구初九라. 때문에 대려大呂로 합하여 아래 임종林鐘에 나느리라.

대려에 여는 무리하는 말이다. 음이 큰 무리로 도움이라 황종에 기운을 펴서 만물이 축丑에서 추아紐芽되고 대려는 축의 기운이다. 그 절후는 대한이요, 그 괘는 곤坤의 육사六四라 황종에 합해서 아래 이칙夷則에서 난다.

예藝는 예로써만 그치지 않는다. 대체로 음音은 사람의 마음 움직임에 의해서 생기는 것이고 악樂은 윤리와 이치에 통하는 것이니 소리만 알고 음을 알지 못하는 것은 짐승이 그러하고, 음은 알고 악을 알지 못하는 것은 평범한 사람이며, 오직 군자가 음악의 이치를 안다. 이런 때문에 소리를 살펴서 음을 알고, 음을 살펴서 악을 알고 악을 살펴서 정치를 알 수 있으니 이런 뒤에 치세治世의 도를 갖출 수 있다.

때문에 성聲을 알지 못하는 자는 더불어 음音을 말할 수 없을 것이고, 음을 알지 못하는 자는 악樂을 더불어 논할 수 없으니 악을 알면 예藝에 가까워지리라. 예악禮樂을 다 터득한 사람을 덕德이 있다고 이르니, 덕이 있는 사람은 곧 식득識得하고 체득體得함을 뜻한다.

이런 관계로 음악의 멋은 세련된 연주 기능에 있는 것이 아니다. 마치 제사상은 맛의 극진함을 이루고자 함이 아니듯이 청묘淸廟의 거문고는 현絃은 붉은색이며 바닥에 구멍은 넓어서 혼자 노래하고 세 사람이 탄상歎賞할 정도지만 이는 선왕先王의 음악이었던 관계로 존중하는 것이다.

또 종묘宗廟 대례大禮 때의 제물로는 현주玄酒, 즉 生水를 최상으로 높이고 생선날고기을 조俎에 올려놓으며 국에 양념을 섞지 않으나 이것이 선왕이 남긴 아름다운 습성이기에 존중하는 것이다.

그래서 선왕의 예악의 제도는 눈이나 입이나 귀 등의 욕망을 극히 만족시키려는 것이 아니다. 장차 인민에게 좋아하고 미워함을 공평하게 하는 일을 가르쳐서 인도人道의 바른길로 돌아오게 하려는 것이다.

이러하니 요즈음은 진정한 예인도 도인도 드물 수밖에. 예인은 기예만 익히고 예의 본질道은 닦지 않고, 학자나 수도하는 사람은 학문이나 기氣만 익히고 예藝의 운용을 모른다. 심지어는 예술이라는 이름 아래 온갖 괴이한 짓을 다하면서 끝간 데를 모르고 달리니 누가 있어 말이나 하겠는가.

옛말에 "모진 사람 곁에 있다 벼락 맞았다"는 말이 있다. 이 말은 우연히 벼락을 맞은 것 같으나 그렇지 않다는 것이다. 분명코 죄가 있다. 모진 사람 곁에 있은 죄다. 이 말은 현실에서도 얼마든지 적용된다.

이 시대에 다시 성인 오는 날 우리 모두 죄인 아니리. 동참죄, 방관죄, 모진 사람은 곁에도 가지 마라. 죄 없다 못하리라.

얼굴에 숨겨져 있는 비밀

    아하, 남을 보니 내가 보인다. 사람의 얼굴은 오장육부와 통하여 현재의 건강상태와 과거, 현재, 미래의 정보가 다 들어 있다. 사람을 알아보는 지혜, 이보다 더 좋은 기술은 없다.

  이 세상에서 사람을 속이는 것은 오직 사람밖에 없다.

  "원인을 살피고 분수에 얼마나 편안한가를 살핀다면 사람에게 어찌 속겠는가"는 공자의 관상학이다.

  "사람에게 눈동자보다 선한 것이 없으니 마음이 바르면 눈동자가 맑고 마음이 바르지 못하면 눈동자가 흐리다. 그 사람의 말을 살피고 눈동자를 살핀다면 사람을 어찌 속이겠느냐"는 맹자의 관상학이다.

  "사람을 멀리 보내어 그 충성을 살피며, 가까이 부려서 그 공경심을 살피며, 번거로운 일을 시켜서 그 능력을 시험하고, 갑자기 질문을 하여 그 지혜를 시험하고, 기일을 급히 하여 그 신의信義를 살피며, 위급함을 고하여 절개를 시험하고, 재물을 맡겨서 청렴함을 살피고, 여자로써 시험하여 욕정을 살펴라"는 장자의 관상학이다.

남의 마음을 읽는 것은 부처의 관상학이요, 달마조사는 아예 상결비전相訣秘傳을 지었다.

위나라 이극李克은 평소에 누구랑 친한가를 보고, 잘나갈 때 어디에 돈을 쓰는가를 보고, 뜻을 얻었을 때 어떤 사람을 추천하는가를 살피며, 궁할 때 하지 않는 것을 보며, 가난할 때 취하지 않는 것을 살피면 그 사람의 그릇됨을 알 수 있다고 했다.

사람들은 자기 나름대로 느낌을 가지고 수도 없이 많은 사람들을 만나고 헤어지면서 살아간다. 위에서 예를 든 성현뿐만 아니다. 아무리 어리석은 사람이라 하더라도 그 사람의 됨됨이를 파악하고 내게 이득이 될 사람인가, 해를 끼칠 사람인가에 대해서 기본적으로 보는 눈이 있기 마련이다.

첫눈에 왠지 마음이 끌리는 사람이 있는가 하면, 상대가 나에게 호의를 베풀어도 꺼림칙한 느낌이 드는 사람도 있다. 천하에 못난 사람이라도 복이 있는 사람이 있고, 허우대는 멀쩡해도 남을 골탕먹이는 사기꾼도 허다하다. 그래서 천 길 물속은 알아도 사람의 마음속은 알 수 없다 했던가.

오복이 크다 해도 인연복만은 못하다. 어려서는 부모 복, 자라서는 배우자 복, 늙어서는 자녀 복, 이보다 더한 것이 어디 있겠는가. 또한 친구, 스승, 애인, 제자 등 수없는 인연 따라 좋은 관계, 나쁜 관계를 맺고 살아가는 것이다.

부모, 형제, 처자는 거의 필연으로 만났다. 그 나머지는 필요에 의해서든지 아니면 우연으로 만났을지라도 우연이든 필연이든 나를 해치는 사람도 있고, 내 영혼을 고양시키고 나를 감동시키는 사람도 있다. 좋은 인연이 많다면 나는 행복한 사람이요, 나쁜 인연이 많다면 불행한 사람인 것이다.

관상학은 좋은 사람, 나쁜 사람을 가리는 판단의 기준으로써가 아니라 그 사람의 근본 됨됨이와 식견과 그릇을 아는 것이 중요하다. 다시 말하면 심상이 더 중요하다는 말이다.

그러면 어떤 상이 좋은 상인가? 한마디로 말하면 천지 자연을 닮은 사람이 좋은 상이다. 사람은 음양의 기를 받아 천지의 형상을 닮았고, 오행을 의지하여 만물의 영장이 되었다. 이마는 하늘을 본받아 넓고 높아야 좋으며, 두 눈은 해와 달을 본받아 밝고 광채가 나야 하고, 목소리는 우레를 본받아 깊은 단전에서 울려나오는 우렁차고 굳센 소리가 좋다. 혈맥은 강하江河를 본받아 막힘없이 유장하게 흘러야 하며, 골절은 금석金石을 본받아 튼튼해야 하며, 코와 이마는 산악을 본받아 높이 솟아야 한다.

그러나 무엇이든지 지나치면 균형이 깨지는 법이다. 조화롭게 균형을 이룸이 중요하다. 모발이나 눈썹은 초목을 본받았으니 탁하지 않고 수려해야 한다. 넉넉하게 잘생긴 사람은 매사에 여유가 있어 귀하고 수명이 길며 병이 없고 부귀를 누리는 상이다. 형체가 넉넉하다고 하는 것은 귀는 둥글게 귓바퀴를 이루어 윤곽이 뚜렷하며, 입술은 붉고 이는 희고, 코는 적당히 높고 길어 살점이 두둑하여

뼈가 드러나지 않아야 하며, 절두가 풍만해야 재복이 왕성하다. 배와 등은 풍성해서 당당하고 걸음걸이와 앉음새는 단정하며 우뚝하여 기쁜 듯 흐뭇한 기운이 넘쳐나야 좋은 상이다.

형체가 부족한 사람은 머리통이 뾰족하고 박약하며, 어깨가 좁고 기울며 허리와 갈빗대가 성글고 가늘며, 손바닥이 얇고 코가 들려 있고 콧구멍이 드러나며, 귀는 뒤로 젖혀지고 상체는 짧고 하체가 길며, 정신이 흐리고 기가 단촉하며 목소리가 급하고 깨어진 바라 소리가 나거나 개구리 울음 소리같이 쉰 목소리가 나오는 것이다. 이런 자는 모두 형이 부족한 상이라 질병이 많거나 단명하며 박복 빈천하다.

그러나 더욱 중요한 것은 자기의 복량福量을 읽어 자신을 들여다보는 거울로 삼아 분에 넘치는 허욕과 과욕을 부리지 말고, 천지 자연과 타인과 조화를 이루어 조금 마음에 들지 않는 일이 있더라도 맹호猛虎가 깊은 산속을 거닐 듯, 단봉丹鳳이 노을 속에 나래짓을 하듯 어엿한 삶을 꾸려 간다면 이것이 바로 장자가 '사람 모습을 하였으되 하늘 같다' 고 한 말이 아니겠는가.

옛말에 화와 복은 문이 없으니 오직 제 스스로 부른다고 했다禍福 無門 唯人自招.

황혼의 사념

　며칠 전 K대 사회교육대학에 강의를 다녀온 일이 있다. 내가 맡은 강좌는 '가정과 사회', 시간은 오후 7시. 구미역에 내려 택시를 타고 공대 쪽으로 달리니, 때마침 금오산 위로 황홀한 저녁 노을이 번지고 운전석 라디오에서 나오는 은은한 음악이 내 귀를 사로잡는다.

　말쑥한 가을, 조각 노을, 외로운 기러기 함께 날고….

　落霞孤鶩秋容淡이란 시구가 생각난다. 이럴 때를 두고 오감만족, 바로 극락이라 하나 보다.

　몸은 편안하게 의자에 맡긴 채 눈을 스르르 감고 엷게 열어 놓은 창문 사이로 바람은 감미롭게 이마에 스친다. 그냥 넉넉하고 낯선 거리도 고즈넉하기만 하다.

　진리의 텃밭이 어디메뇨

　지금 바로 한 찰나 사념이 이것이라

圓覺道場 何處
現今生死 卽是

나도 모르게 고구古句를 가만히 속으로 뇌어 본다.

그런데 이 작은 행복도 낯선 불청객 두 사람에 의해 산산히 부서졌으니, 그것은 운전기사가 아줌마 둘을 합승시키고부터다. 두 여인은 아마 친구 사이로 함께 쇼핑을 하고 오는지 큰 목소리로 아파트 이야기로부터 끝내는 자기 집 자가용 이야기까지 운전기사와 나도 함께 들으라는 듯 지껄인다. 아! 정말 싫다.

음악도 노을도 이미 내겐 의미가 없다. 오직 저 여자들이 제발 나보다 더 멀리 타고 가지 않았으면 하는 바람뿐이다. 나의 기분을 상하게 한 두 여인에게 원망의 화살을 마음속으로 한없이 날리며 힐끗 옆 운전기사를 쳐다봤다. 어쩌면 그도 나와 같이 공감하고 있을지도 모른다는 생각에서 말이다.

그런데 그는 싫은지 좋은지 아무 표정 없이 그냥 열심히 운전에만 열중할 뿐, 별다른 표정을 읽을 수 없다. 그렇다고 내가 '당신도 지금 내 기분과 같지요?' 하고 물을 수도 없는 일이었다. 나 혼자 겉표정으로 이래저래 짐작하다가 어쩌면 운전기사는 합승한 작은 행운을 더 기뻐하고 있을지도 모른다는 생각이 들었다.

하루종일 운전하다 보면 얼마나 많은 사람들이 제멋대로 지껄이다가 내리겠느냐 생각하니, 그의 아량이 정말 대단하다. 좋은 말뿐만 아니라 내가 듣기 싫은 말까지도 들을 수 있는 것도 또한 수양이 아닐까?

나는 지금 남의 말을 들으러 가는 것이 아니라 내 말을 하기 위해서 간다. 나는 단 십 분도 저 두 여인의 이야기를 듣기 싫어 하는데, 두 시간 동안이나 내 이야기를 귀담아 들어 줄 자가 있다면 이건 정말 대단히 고마운 일이다.

평소에 나는 얼마나 많이 내 기분에 취해 눈치 없이 떠들어 남을 번민케 했을까? 알면서 지은 죄, 무지해서 지은 죄. 그냥 인간은 한량 없는 죄 속에 있는지도 모르겠다.

이런저런 상념에 젖어 있는데 어느덧 학교 정문에 도착했다. 교정에 들어서니 이미 땅그림자는 교정의 드문드문한 정원수 뒤켠에 웅크리고 앉아 있었다.

옆자리로 오세요

　누가 말했더라, 인생은 만남이라고. 그래서 우리는 너와 나의 만남에서 보다 깊은 의미가 있지 않을까? 공자와 안자의 학문의 만남, 예수와 베드로의 신앙의 만남, 낭랑공주와 호동왕자의 사랑의 만남, 이 세상 모두가 너와 나의 만남에서 이루어질진대 과연 너와 나는 어떤 의미가 부여되어 있을까? 비록 나는 삼등실에 너는 일등실에 실려 간다고 해도 어차피 너와 나는 내릴 곳이 있다. 그러나 또 우리는 아무도 그 내리는 역이 어딘지를 모른다. 보라, 우리 옆자리를.

　자꾸만 내리고 있지 않는가? 대통령도, 교수도, 농부도 그리고 영웅도, 철인도 모두 내린다. 그들의 역에서.

　인생이여! 우리는 함께 지구의 열차를 탔다. 그리고 곧 내릴 것이다. 그러니 서로 양보하자. 그리고 옆자리로 오라. 내리기 전에 만나서 서로 이야기를 나누자.

번데기 몇 마리 막걸리 한 되면 넉넉지 않을까. 이수일과 심순애도 좋고 로미오와 줄리엣도 좋다. 주간지면 어떻고 문학지면 어떠랴. 이미 우리에게는 진실도 통속도 저 달리는 차창 밖으로 던져 버리고, 오직 우리의 아름다운 삶을 노래하자. 그러나 이런 이야기는 더욱 운치가 있다.

아가야! 아가야!

저녁 연기 피어오르는 고갯마루에서 애달피 부르는 할머니의 목소리.

확 뿌려진 야광주夜光珠처럼 수없이 많은 별.

너와 나의 가슴에 꼭 하나 간직하면서 노래를 불러라.

열차는 달리고 노랫소리 날린다.

넓고 넓은 밤하늘에

누가 누가 잠자나

하늘 나라 아기 별이

깜박깜박 잠자지

깊고 깊은 숲속에선

누가누가 잠자나

산새 들새 모여앉아
꼬박꼬박 잠자지

포근포근 엄마 품에
누가누가 잠자나

우리 아기 예쁜 아기
쌔근쌔근 잠자지.

제3부

영대靈臺에 고하는 글

태상노군과의 산책

  등불 하나는 천년의 어둠을 없앨 수 있고, 하나의 지혜는 만 년의 어리석음을 소멸시킨다. 생각이 미혹되면 범부요, 깨달으면 곧 성인이다.

  예로부터 지금에 이르기까지 수많은 성현과 철학자, 그리고 유림 儒林의 사대부들이 책더미 속에서 한가로이 거닐면서, 너무도 즐거워 돌아갈 것을 잊고 글과 문장에 심취하여 삶이 끝날 때까지 고전을 탐구하였다.

  스코틀랜드의 작가 스마일스Smiles, 1812~1904는 다음과 같은 말을 남겼다.

  "책은 인류 투쟁의 역사 속에서 건져 낸 가장 위대한 유산이다. 수많은 훌륭한 전당들과 예술은 빛바래져 갔어도 위대한 사상과 영혼만이 장구한 시간의 시련을 견디어 냈으며, 수세기에 걸쳐 작가의 마음속에서 성숙되어 오늘에 이르고 있다. 그것은 오랜 시간이 지났어도 다시 새롭게 활자 속에서 되살아나, 당시의 사상과 빛나는 언어들을 마치 성현들이 눈앞에 있는 듯이 전해 주고 있다."

 고전은 이토록 위대하다. 그런데도 요즈음의 독서 풍토를 보면 도
저히 이해가 되지 않는 것이 많다. 소설 토정비결, 소설 동의보감,
소설 정도전, 소설 장자, 소설 중용 등 이루 헤아릴 수 없이 쏟아져
나온다. 어디 그뿐이랴. 만화 노자, 만화 당시唐詩, 만화 단경壇經,
만화 세설신어世說新語 등 지면이 모자라 다 기록할 수 없으니 기특
하다 하랴, 가소롭다 하랴.
 책이란 인류 문명의 기록이고, 인류 문명은 부단히 진화 발전하고
변화하지 않는 사회란 없다. 따라서 시대 조류에 적응해 여러 가지
저술들이 나타나게 되는 것은 인정되나, 아무리 바쁘더라도 성현의
글을 읽으면서조차 이처럼 헐떡여야 하는가.
 이제 나는 조용하고 아름다운 그대 심성의 뜨락에서 노자와 함께
노닐고자 한다. 우리의 담소를 방해하지 않을 조용한 음악과 향긋
한 차 한 잔, 그것으로 우리의 준비는 완벽하다. 그리고 대문에 빗
장을 닫고 방榜을 붙여라. 주인은 오늘 외출중이라고.

 노자, 그의 이름은 중이重耳요 자는 백양伯陽이니, 호號는 노자老子
또는 노담老聃이다. 초나라 고현古縣 곡인리曲仁里 사람이다. 그의 어
머니가 큰 유성流星을 보고 이상야릇한 감응을 느꼈는데, 그 뒤 태
기가 있어 아이를 잉태한 지 칠십이 년 후에 오얏나무 아래에서 어
머니의 옆구리를 가르고 태어났다. 그런데 여느 아이들과 다르게

울면서 태어난 것이 아니라 곁에 있는 오얏나무를 가리키면서 이게 바로 내 성姓이다 하였으니 출생부터 생이지지生而知之요, 진기한 분이었다.

이 부분은 석가 세존과 비슷한 이야기인데, 노자의 가르침 중에 청정경淸淨經의 말씀은 부처님의 금강경金剛經과 똑같은 구절이 반복됨을 볼 때 시절 인연에 따라서 몸만 바꾸어 태어난 분이라고 주장하는 이가 많다.

사람이 어찌 태어나자마자 걸을 수 있으며 또한 말을 할 수 있을까. 그것은 범부들과 다른 것을 드러내기 위해 뒷사람들이 미화시킨 것에 불과하다고 나름대로 이해하려는 사람도 많을 것이다. 대개의 사람들은 자기가 이해하지 못하는 부분은 비과학적이고 미신적인 것이라고 치부하기 십상이다. 그러나 과연 스스로 알고 있는 것이 얼마나 되겠는가?

온 세상 사람들이 존경하는 어떤 수행자가 있었다. 그는 굉장히 장수하여 백 세를 훨씬 넘긴 나이에 입적하게 되었는데 어떤 이가 물었다.

"당신은 학자가 아니고 수도를 하는 이가 아니더라도 그토록 오랜 연륜을 보내셨으니 그간 보고 들은 것만 하더라도 굉장할 것입니다. 그런데도 평생 수행과 학문으로 일관하셨으니 아마 당신은 틀림없이 남다른 혜안이 있으리라 생각됩니다. 저희들이 궁극으로 행해야 할 것은 과연 무엇이고, 또 당신이 세상 사람들로부터 절대의 존경을 받는 까닭은 무엇입니까?"

그러자 도인은 그 물음에 이렇게 답했다.

"내 평생에 아는 것이라고는 하나도 없다. 아무것도 모른다는 사실, 그것 하나만을 나는 알고 가는 것일 뿐!"

소크라테스가 나는 내가 아무것도 모른다는 사실을 알고 있다고 한 아이러니와 어떻게 이렇게도 부합하는지. 그래서 꼭대기는 서로 통하나 보다.

어느 때 공자가 길을 가다가 두 어린아이가 길을 막고 열심히 논쟁을 벌이고 있는 것을 보게 되었다. 공자가 다가가 물었다.

"얘들아! 내가 가르쳐 주마. 무엇을 가지고 그렇게 서로 따지느냐?"

"예, 저희는 밤하늘에 있는 별의 갯수를 헤아리고 그 갯수의 차이를 따지고 있는 중입니다."

그러자 공자는 기가 차서,

"얘들아, 그것은 너무 멀어서 알 수 없는 것이다. 그러니 그만두고 집으로 돌아가거라."

하고 타이르자 다시 한 아이가 말했다.

"별은 멀어서 알 수 없다고 하셨는데, 그러면 가까운 눈썹은 몇 개입니까?"

공자는 아연실색하여 또다시 눈앞이 캄캄해졌다. 멍해진 공자에게 두 아이가 손가락질을 하며 조롱하였다.

"아는 척하더니 아무것도 모르면서 왜 남의 일에 참견을 합니까?"

그렇다. 별은 멀어서 볼 수 없고 눈썹은 가까워서 볼 수 없다. 큰 것도 볼 수 없고 작은 것도 볼 수 없다. 그뿐 아니라 빠른 것도 볼 수 없고 천천히 가는 것도 또한 볼 수 없다. 우리가 보고 들을 수 있는 것은 지극히 한정된 작은 부분임을 인정해야 한다. 그러한데도 우리가 보고 들은 바로써 지식을 삼는다면 정말 그건 곤란하다. 기린은 태어나자마자 시속 60킬로미터 이상을 달릴 수 있고, 어떤 물새는 태어나자마자 종종걸음으로 뛰고, 금방 어미 곁을 떠나 먹이를 찾아 나서는 것을 본 일이 있다.

　사람은 만물의 영장이다. 그리고 노자는 사람 중에서 또 신령한 사람이다. 그런데 어찌 태어나면서 말하고 걷는 것이 꼭 거짓말이라고 단정해서 말할 수 있겠는가. 영원히 죽지 않는 해파리도 있다. 그것이 이해되는가. 눈도 코도 항문도 머리도 없는 그놈이 영원히 산다니? 이건 상당히 중요한 문제다. 내가 모르는 부분은 항상 신비로 남겨두고 연구하는 자세가 되어야 한다. 그래야만 그것이 언젠가 내 지식으로 돌아올 때가 있을 것이다.

　역사를 보라. 가장 열렬하게 공상을 하고 모르는 세계에 도전한 자가 결국 우리를 은혜롭게 했다. 비행기를 만든 사람, 전기를 발명한 사람, 배를 만든 사람, 그 최초의 사람들은 한결같이 공상가요, 허무맹랑한 사람들이고 세인의 지탄을 받던 선각자들이었다. 종교를 창시한 성인들도 그 시대에는 모두 허무맹랑한 말을 지껄이던 사람들이었으니, 정말 모를 일이다. 나 또한 이렇게 허무맹랑한 말을 주절대고 있으니….

아무튼 노자는 그렇게 태어났다. 때는 은나라 무정武丁 경진庚辰 2월 15일 묘시卯時다. 나면서 머리카락은 희고, 낯은 노랗고, 발금은 삼오足蹈三五[易, 參伍以變, 錯綜其數, 通其變, 遂成天地之文]의 문체가 있고, 손금은 열십자手把十文를 가졌다. 주 문왕 때 지금의 도서관장 守藏吏을 역임하고, 무왕 때는 주하사柱下史를 지내고, 강왕 때는 다시 주하사가 되니 항상 고요하고 담백하며 욕심 없음으로 온전히 장생長生에 힘썼기에 주나라에서 그토록 오래 위位에 있어도 명위名位가 떠나지 않았던 모양이다.

그는 스스로 빛살을 화하게 하여 세속에 숨었다. 항상 자연의 도를 따랐고 소왕昭王 23년에 함곡관에 이르니 문지기 윤희尹喜가 가르침을 청하자 노자가 오천언五千言의 말을 전하였는데, 이름해서 「도덕경」이라. 윤희가 열심히 도를 전하여 오늘날 우리는 이 목마른 사바세계에서 도덕경의 감로수를 마시게 되었으니 어찌 고마운 일이 아니겠는가.

진리는 무엇이라고 한정지으면 이미 그것은 영원 불멸의 진리는 아니니, 사물에 이름을 붙이면 이미 항구 불변한 이름은 아니다. 이 한마디에 태상노군의 높고도 깊은 사려를 알 수 있을 것이다.

예수님이 올 때 진리를 가져왔다가 십자가에 못박히면서 진리를 싸서 천국에 되돌아간 것이 아니니, 부처님 오시기 전, 공자가 인仁을 말하기 전에도 진리는 존재했고 떠난 후에도 진리는 존재한다. 무엇을 지칭하여 도라 하면 이미 보편타당한 도는 아닌 것이며, 어느 종교에 진리가 더 많고 어디에는 모자라는 것이 아니니 오직 청정한 그대의 마음속에 진리는 빛나게 될 것이다.

　도는 길이요, 덕은 얻음이니, 다시 말하면 도道의 글자를 파자破字해 보면 辶自走 이렇게 쓸 수 있다. 곧 도는 하나의─ 통일적 기氣의 중심에서 다시 대립적인 두 기운으로 분화되고 음양은 다시 사상四象으로, 사상은 다시 팔괘로 음양이 서로 합하여 무한 만물을 생산한다.

　그러나 역逆으로 돌아오면 만상도 결국 음양에 불과하고 그 음양 또한 하나의 통일된 도라는 이름으로 부를 수밖에 없는 것이다. 그렇지만 그 도가 의거한 것은 스스로自 그러한然 법칙이니, 다시 말하면 도道는 음양의 상대적인 세계에서 늘 조화와 통일과 균형을 이루면서 제대로 그렇게 되어져 가는走 것이다. 그러므로 노자는 굳게 말한다. 사람은 땅을 본받아 살고 땅은 하늘을 본받으며 하늘은 도를 본받는데, 도는 무엇을 본받는가? 도는 제대로 그러함이라고 人法地, 地法天, 天法道, 道法自然.

　또한 도는 무위無爲로서 자기 의지를 세계와 만물에 강요하고 고집하지 않는다. 다시 말하면 천당과 지옥으로 공갈치고 계명으로 목사리 하고 인간을 시험으로 길들이고 사랑의 올가미로 낚지 않는다는 말이다. 사랑도 벗어 놓고 미움도 벗어 놓고 욕심 없는 고요함에 들면 천하는 장차 제대로 바를 것을 無名之樸, 亦將不欲, 不欲以靜, 天下將自正.

　이러한 경지에 들면 현묘하다 이르니, 현묘한 그 생각조차 없다면

玄之又玄 뭇 신묘衆妙한 문門이 되리라. 곧 하느님 부처님도 내 콧구멍으로 들락날락한다는 말이다同謂之玄, 玄之又玄, 衆妙之門.

경왕敬王 17년에 공자가 노자를 방문하여 예禮에 관하여 물으니 노자가 말하기를,

"좋은 장사꾼은 깊게 간직하여 물건이 남아도 딸리는 듯 처세하고, 군자는 덕이 수승해도 어리석은 듯 보이나니. 그대 어이하여 그다지도 교만한 기운과 욕심이 넘치는가? 그것은 다 그대에게 무용한 것이니 버림이 좋으리라!"

하루는 공자가 독서를 하는데 노자가 물었다.

"그대가 읽는 책은 무엇인가?"

"역易입니다. 성인도 책을 읽으시는지요?"

"성인도 책을 읽는 것이 가하거니와 너는 무엇을 읽으며 그 요점은 무엇인가?"

"요점은 사랑과 마땅함, 곧 인仁과 의義입니다."

"모기가 물어도 잠을 이룰 수 없거늘, 이제 그대의 마음속에 사랑과 의리로써 참담함에 빠졌으니 어지러움이 이보다 더 큼이 없으리라! 공자야, 너는 '미션' 영화도 보지 못했는가. 사랑의 병이 든 자는 고난과 순교의 십자가를 지고 일생을 허덕임을. 이 말을 긍정하지 않는다면 그대는 분명히 자신을 모르는 맹추로다.

따오기는 매일 목욕하지 않아도 희고 까마귀는 매일 물들여 검은 것이 아니니, 하늘은 제대로 높은 것이며 땅은 제대로 두텁고, 해와

달은 제대로 밝은 것이다. 저 초목은 스스로 구역 지어 살며, 수많은 저 별들도 그냥 제 길을 갈 뿐, 누구의 간섭도 받지 않는다. 오직 그대가 도를 닦아 넉넉하면 그만일 것을, 어찌 사랑이다, 자비다 떠드는가? 하는 짓이 마치 달아나는 양에게 북을 치고 고함지르며 쫓아감과 같구나. 세상 사람들의 본성을 어지럽혀 사랑으로 골병들게 할 자는 바로 그대이다. 그건 그렇고, 그대는 도를 얻기나 했는가?"

"아닙니다. 눈만 감으면 역시 천지는 캄캄하고 내일 일도 알지 못하는데 죽어 천당을 기약하리이까? 저는 도를 알지 못합니다."

"진리를 남에게 줄 수 있다면 남의 신하 된 이는 다 임금에게 바쳤을 것이고, 남에게 고해 줄 수 있는 것이라면 형제에게 일러 주지 않음이 없었을 것이고, 도를 전할 수 있다면 그 자식에게 모두 전하였을 것이다. 그러나 전하지 못하는 것은 받는 자의 마음속에 주장하는 참眞이 없다면 그 마음속에 도가 깃들 수 없는 것이다."

"저는 우리 교주님 섬기기를 지성으로 하고, 학문과 기술을 익혀 또 남에게 지탄받을 짓을 하지 않는 착한 사람이거늘, 그런데 가는 곳마다 시비가 일어나고 나를 만나는 사람이 다 그렇게 기쁜 빛만은 아닌 것은 어인 일입니까?"

"네가 배운 성인의 경전이라는 것이 모두 성인이 남기고 간 발자국이니 어찌 그 찌꺼기經典를 세우려 하느냐?"

공자가 이와 같은 노자의 말씀을 듣고 집에 돌아와 사흘 동안 제정신이 아니었다. 자공子貢이 괴이하게 여겨 물으니 공자가 이렇게 탄식하였다.

"사람들의 마음씀씀이를 볼 때, 하늘을 나는 새와 같은 자는 활과 쇠뇌로써 쏘고, 사슴은 개로써 쫓고, 고기는 그물로 건지면 그 무리를 제어하지 못할 것이 없지마는, 용龍에 있어서는 구름을 타고 태청太清에 노니니 내 어찌할 바를 알 수 없구나. 이제 노자를 만나니 그 용과 같구나!"

놀랍게도 오쇼 라즈니쉬는 이런 이야기를 만들어 냈다. 어느 작은 마을에 무신론자와 유신론자가 살고 있었다. 이 두 사람은 다 유명하고 위대했기 때문에 마을 전체가 혼돈에 빠져 갈팡질팡하였다.

무신론자는 신이 존재하지 않는다는 것을 입증하려고 애썼고, 유신론자는 신이 존재한다는 것을 입증하려 애썼다. 두 사람은 매일 서로 논박했고, 두 주장이 훌륭했기 때문에 어느 쪽을 선택하여 우열을 가릴 수가 없었다. 마을은 온통 유신과 무신의 대립으로 결국 서로 미치고 말 것이라는 결론에 이르게 되었다. 그래서 마을 사람들은 마침내 두 사람에게 대토론을 벌이게 하여 그 결과에 따르기로 결정하였다.

이윽고 두 사람은 자기 견해를 입증하려 애썼다. 그런데 갑자기 이상한 일이 벌어졌다. 유신론자는 무신론자의 주장에 설득되어 신이 존재하지 않음을 확신하게 되었고, 반면 무신론자는 유신론자에게 설득되어 신이 존재함을 확신하게 되었다. 그리하여 문제는 여전히 해결되지 않은 채 끝내 혼란에서 벗어나지 못하게 되었다.

지금은 동양과 서양이 만나고 있으며 상황은 변하고 있다. 그러나 서양이 동양이 되고 동양이 서양이 되어 다시 동양과 서양의 대립이 생겨서는 안 된다. 이제 우리는 처음으로 하나의 세계를 창조할 수 있게 되었다. 우리는 동양과 서양, 유신과 무신을 훌훌 털어 버리고 제3의 철학을 창조할 수 있게 되었다고 말했다. 참으로 라즈니쉬는 훌륭하다. 그러나 이러한 사상이 노자에서 나온 것을 아는 이는 드물 것이다. 그는 노자 하우스를 지어 놓고 늘 자기는 전생에 노자였다고 하면서 그곳에서 거처하였다.

노자는 시절 인연에 따라 중국에서는 노자로, 천축에서는 부처로, 한漢나라 때는 하상공河上公으로, 또 헌원軒轅 때는 광성자廣成子로 시공을 초월해서 나타나신다. 지금도 그는 우리 곁에 푸른 소를 타고 오고 있을지도 모른다. 라즈니쉬로, 아니면 나 역시 노자의 한 분신은 아닐는지?

노자는 노래한다.

"밝은 왕의 다스림은 공功이 천하를 덮어도 자기를 나타내지 않고, 그 교화가 만물을 입혀도 백성으로 하여금 나를 따르고 믿게 아니하며, 그 덕은 수승해도 명예는 드날리지 아니하며, 위位는 측량할 수 없는 경지에 이르러 마음은 마냥 무위無爲에 노닐진저明王之治 功蓋天下而不自己 化被萬物而使民不恃 其有德而不稱其名 位乎不測而遊乎無有者也."

오묘함을 꿰뚫어 보다 觀妙

도를 도라고 말할 수 있는 도라면

언제나 어디에나 있는 도는 아니오

이름을 이름지울 수 있는 이름이라면

언제나 어디에나 있는 이름은 아닌 것이다

이름 붙일 수 없는, 끊어진 그 자리가

하늘 땅 비로소 열린 곳이니

이름 붙일 수 있는 그곳이 만물의 모체가 된다

그러므로 항상 무심함으로

그 묘용을 관찰하고

항상 유심함으로 사물의 귀결처와 갈피를 보라

이 둘은 동일한 근원에 나와서 이름만 달라졌을 뿐

함께 현묘하다 일컬으니

현묘함마저 현묘하면

모든 오묘함이 이 문으로 들락날락

道可道 非常道 名可名 非常名

無名 天地之始 有名 萬物之母

故 常無 欲以觀其妙 常有 欲以觀其徼

此兩者 同出而異名 同謂之玄

玄之又玄 衆妙之門

　이 장은 도의 본질, 도의 작용, 도에 들어가는 공부, 도를 체득한 묘용이 어떠한지를 총체적으로 밝히고 있다. 동양의 거의 모든 경전은 첫장에 전체 내용이 녹아 있다 해도 과언이 아니다. 이 문장은 대단히 암시적이고 함축적인 문장이다. 그래서 역자마다 타인의 번역을 불만스럽게 생각하고 이런저런 견해가 많은 곳이다.

　도라고 이름 붙여진 이 추상명사는 자연의 함 없는인위적 조작이 아닌 스스로 그러한 진실한 이치를 도라 함이요, 도에 나아가서 나에게 진실로 터득함이 있는 것을 덕이라고 말한다. 참되고 영원하여 바꿀 수 없는 것을 경經이라 한다.

　도덕경은 이런 연유로 붙여진 이름이다. 다시 말해 영원한 도는 본래 명칭과 형상이 끊어져 말로 도달할 수 없는 자리다. 언어로 풀이된 것은 진실 불변의 도가 아니므로 영원한 도가 아니다. 왜냐하면 도는 있지 않는 곳이 없는, 도 아닌 것이 없기 때문에 언어를 건너 있다.

　하늘 땅이 나뉘어지기 전 어떤 이름을 붙이겠는가. 형체가 이미 갖추어진 다음에 비로소 이름씨가 붙을 수 있고, 그 만물은 이미 천지에서 나왔는지라 각각 하늘과 땅의 성명性命을 가지고 태어났으니 참으로 정관靜觀하는 자가 아니면 그 갈피를 볼 수 없다. 무심하게 관조觀照하면 성근性根이 제대로 드러나고 부지런히 움직일 때도 정밀하게 돌아가는 곳을 살피면 명체命蒂가 스스로 굳으리라.

있고 없음은 상대적인 두 세계 같으나 사실은 유에서 무가 나오고 무에서 유가 나왔으니 있고 없음은 한 근원이라고 말할 수 있다.

한 예를 들어보자. 희고 검은 것은 둘이다. 희고 검은 중간치를 우리는 회색이라 부른다. 분명 회색은 검고 흰것의 중간색이나 어떤 것이 꼭 맞는 올바른 회색이냐 묻는다면 말이 막힐 수밖에 없다. 왜냐하면 흰것도 무한 흴 수 있고 검은 것도 무한 검을 수 있으니까 회색 또한 무한 회색이 있을 수 있기 때문이다. 검은 데서 보면 회색은 흰색에 가깝고, 흰색에서 보면 검은색에 가깝다. 그래서 언어를 떠나 있다.

장자는 재물론에서 처음이 있다고 하는 이가 있고대개 유일신을 믿는 부류, 처음이란 애당초 있지 않았다고 하는 이가 있고윤회를 믿는 부류, 처음이 애당초에 있지 않았다고 하는 것부터가 애당초에 있지 않았다고 하는 이가 있으며, 그것도 또한 있다고 하는 이가 있으며, 또 없다고 하는 이가 있으며, 있음이나 없음이 애당초 있지 않았다고 하는 이가 있다.

그런데 있다거니 없다거니 하지만은 그 있음과 없음은 과연 어느 것이 있음이며 어느 것이 없음인지 알 수 없다고 했다. 노자와 장자는 왜 이런 애매한 말을 했을까? 하늘이 앎이 있다고, 그래서 내 삶에 관계가 있다고 해서, 또는 이것이 유일한 참 신앙이라 해서, 내 생來生에 관계가 된다 해서 입에 게거품을 물고 떠들지만 참된 도는 입을 다물고 느낄 수밖에 없다는 것을 어찌 알겠는가.

어떤 사람이 도깨비에 관한 연구를 평생 동안 하여 백 권쯤 저술을 남겼다면 그 사람은 도깨비를 잘 아는 것이 아니라 더욱 도깨비에 멀어져 있다. 왜냐하면 본래 도깨비가 없기 때문이다. 마찬가지로 이것만이 참된 진리라고 많이 외치면 외칠수록 참 도에서 점점 더 멀어져 간다.

신도 마찬가지다. 모르면 신기하지만 알면 당연한 도리일 뿐이다. 비행기를 처음 보거나 타면 신기하게 여길 것이다. 그러나 만든 사람은 신기한 것이 아니라 당연한 이치일 뿐이다. 이 무슨 망언이냐 하겠지만 하느님도 확실하게 이해되는 날엔 신의 자리에서 내려와야 한다. 그 어떤 신도 예외일 수 없다. 이래도 못 알아듣겠다면 나도 어쩔 수 없다.

아침에 산에 올라가면 바위 밑이나 개울가에서 기도를 올리는 사람들을 종종 본다. 고등종교를 가졌다고 자처하는 사람은 미신이라고 우습게 알겠지만, 내 생각엔 저런 행위가 오히려 큰 종교를 가진 자보다 훨씬 더 순수할 수도 있다. 그리고 또 저들은 간사한 성직자에게 상처 입거나 속지는 않을 것이라는 생각이 든다. 바위나 고목나무가 사기를 치지는 않을 테니까 말이다.

그러나 교조화되고 조직화된 큰 종교는 많은 무리를 끌고 가야 하니 자연히 여러 가지 재정문제 그리고 제약과 규율이 따를 수밖에 없다. 우리는 사기 치는 얼치기 성직자를 부지기수로 보아 왔다. 그래서 나는 신앙이 있어야 한다면 오히려 정화수 한 종발 소반에 차려놓고 소지 한 장 올리는 것이 더 정갈한 믿음이라 여겨진다. 제물은 보잘것없는 물 한 종발, 종이 한 장이건만 정성은 신명을 울릴 것이다.

다시 본론으로 돌아가서 두 번이나 쓰인 관觀자를 유의해서 보자. 노자는 사람들이 유무有無 두 자를 상대적 대립 관계로 보지 않을까 걱정했다. 둘은 늘 갈등을 일으킨다. 그러나 능숙한 운전사는 브레이크와 액셀 사이에서 갈등하지 않는다. 브레이크는 절제, 계율, 도덕 사회적 윤리요, 액셀은 자유방임이라 할 수 있겠으나 이 둘의 모순 또한 지혜라는 능숙한 운전자에겐 전혀 갈등이 생기지 않는다. 오히려 브레이크와 액셀이 제 기능을 다하지 못할까 걱정할 것이다.

수양이 이런 경지에 이르면 분별 망상을 잊고 사물에 집착이 끊어져 만나는 것마다 현묘하지 않음이 없게 된다. 그래서 현묘한 자취마저 놓아서 온갖 묘용이 흘러나오는 문이 된다. 이것이 바른 도의 극치다.

사물의 갈피와 귀결처를 보라 觀儦

천하사람들이 모두 아름답다고 하는

아름다움은 아름다움이 아니요 그것은 추악한 것이요

모두 아는 선함을 선으로 삼으면 이는 착하지 않다

때문에 있고 없음이 서로 생하며 어려움과 쉬움이

서로 이루어 주고

긴 것과 짧은 것도 상대적 비교에서 있게 되고

높고 낮은 것도 상대적인 관념에서 나왔으나 서로 기울며

음악과 소리는 서로 화음을 이루며 앞과 뒤는 서로 따른다

그러므로 성인은 함이 없는 일에 처신하며

말없는 가르침을 행하며 만물을 생성시키되 사양하지 않는다

생성하되 공로를 두지 않고 그것에 기대하지 않는다

공이 이루어져도 그 공에 머물지 않는다

오직 그 공로에 머물지 않으므로

그러므로 공로가 그에게서 떠나지 않는다

天下皆知美之爲美 斯惡已 皆知善之爲善 斯不善

故 有無相生 難易相成 長短相形 高下相傾

音聲相和 前後相隨 是以 聖人 處無爲之事

行不言之教 萬物 行焉而不辭 生而不有 爲而不恃

功成而不居 夫惟不居 是而不去

고문관지古文觀止에 송옥宋玉의 이런 글이 실려 있다.

초나라 양왕襄王이 송옥에게 물었다.

"선생께서 잘못한 행동이 있소? 왜 선비들과 백성들이 당신을 칭찬하지 않소?"

송옥이 대답했다.

"예, 있습니다. 임금님께서는 저의 잘못을 용서하여 주시고 제가 오해를 풀 수 있도록 해 주시기 바랍니다. 영郢, 초나라 서울에서 노래를 부르는 나그네가 있었습니다. 처음에 하리파인下里巴人 곡을 부르자 부르는 자가 수천 명이었습니다. 양아해로陽阿薤露를 부르자 화답하여 부르는 자가 수백 명이었습니다. 다시 초나라에서 가장 훌륭한 노래인 양춘백설陽春白雪을 부르자 같이 부르는 사람이 불과 수십 명이었습니다. 상성商聲, 五音 중의 하나을 길게 늘어뜨리고 우성羽聲, 五音 중의 하나을 짧게 하며 중간에 격렬한 치성徵聲을 넣자 따라 부르는 사람이 몇 명에 불과했습니다. 이러한 사실은 바로 곡조가 높을수록 따라 부를 수 있는 사람이 적다는 것을 의미하는 것입니다.

그러므로 새에는 붕鵬이 있고 고기에는 곤鯤이 있는 것입니다.

붕은 구천 리를 치고 올라 구름과 무지개를 넘어 파란 창공을 등에 업고 가장 높은 하늘 끝에서 빙빙돌며 날아다닙니다. 그러나 어찌 울타리 위를 날아다니는 저 메추라기 따위가 붕과 함께 천지의 높고 낮음을 이야기할 수 있겠습니까? 곤은 아침에 곤륜산을 출발하여 갈석산에 이르러서야 등지느러미를 드러내 놓고 저녁에 맹저孟諸에서 잠을 잡니다. 그러나 어찌 얕은 물가에서 노니는 자그마한 물고기가 곤과 함께 강과 바다의 크기를 논할 수 있겠습니까? 새 중에는 붕이 있고 물고기 중에 곤이 있을 뿐만 아니라, 선비도 또한 이와 같습니다. 성인들의 위대한 뜻과 행동은 특히 뛰어납니다. 일반 세속인들이 어찌 제가 하는 바를 이해할 수 있겠습니까?"

그렇다. 모두 아는 선함을 선으로 삼으면 이는 착하지 않다는 노자의 말씀이 의미심장하다.

포박자抱朴子의 논선論仙에 "귀가 청력을 잃으면 우레가 울어도 들리지 않으며, 눈이 시력을 잃으면 삼광日·月·星이 빛나도 보이지 않는다. 천둥의 진동하는 소리는 결코 작지 않다. 하늘에 걸려 있는 해·달·별의 빛은 결코 희미하지 않다. 그런데 귀머거리는 이것을 소리가 없다고 하고, 장님은 이런 물건은 없다고 한다. 하물며 이런 사람들에게 관현管絃의 화음을 들려 주고 곤룡포의 아름다운 무늬를 보여 준들 그들이 조화된 아름다운 소리와 눈이 부시도록 찬란한 무늬를 찬양할 수가 있을까? 육체에 청력 상실이나 시력 상실이 있으면 뇌신雷神이나 천체의 해와 달의 존재조차 믿지 않고 보지 못한다. 하물며 만물 가운데 그보다 작은 것은 어찌되겠는가? 정신에 어둠이 끼면 주공·공자와 같은 성인이 있었다는 것도 믿지 못한다. 하물며 신선의 도를 알린들 믿을 것인가?"라고 했다.

성인의 도와 윤리가 부족해서 세상 사람들이 보고 듣지 못하는 것이 아니다. 마음이 흐리면 사물이 제대로 보일 리가 없다. 때문에 공자도 평생 광야에 주유周遊하며 반조가槃操歌를 불러야 했다.

여기서는 노자가 망상을 버리고 참에 돌아가는 벌망귀진伐妄歸眞의 취지를 밝혔으니 천하의 사람으로 하여금 갈피와 귀결처를 보아 묘용에 들도록 하였다.

도를 배우는 사람이 과연 분별을 여의고 명상名相을 끊고 도덕을 몸에 붙여서 무위로 사물에 응하여 아름답다 추하다, 있다 없다, 쉽다 어렵다는 꾀를 부리지 않으며, 길고 짧음을 다투지 않으며, 고하상경高下相傾의 일을 짓지 않으면 참 도가 종신토록 떠나지 않을 것이다.

백성을 편케 하라 安民

잘난 인간 숭상하지 않아 백성으로 하여금 다투지 않게 하라

얻기 어려운 재화를 귀하게 여기지 않아

백성들로 하여금 도적 되지 않게 하라

욕망을 보이지 않아서 백성으로 하여금

심란하게 하지 마라

그러므로 성인의 다스림은

마음은 비우고 배는 채우고 뜻은 유약한 듯 뼈는 튼튼하게

항상 백성으로 하여금 꾀부리지 않고 욕심 없게 하며

대저 잘난 인간으로 하여금 감히 함이 있지 못하게 하니

함 없이 실행하면 다스려지지 않음이 없으리라

不尙賢 使民不爭 不貴難得之貨 使民不爲盜

不見可欲 使心不亂 是以 聖人之治

虛其心 實其腹 弱其志 强其骨

常使民無知無欲 使夫智者 不敢爲也

爲無爲則無不治

　다툼과 도적의 근원은 세간 성인이 효시가 된다. 상근기上根機는 착함을 다투고 그 다음은 나라를 도적질하고, 하근기下根機는 재물로 이전구투泥田狗鬪를 벌이니 다 욕망에서 일어난 것이다.

　욕망이 깊은 자가 많으면 백성의 뜻은 더욱 어지러워진다. 이런 사회를 밝은 사회라 할 수 없다. 심하면 전쟁으로 천하가 어육魚肉이 되어 원혼이 넘쳐나고 어리석은 백성은 하수인이 되어 흉악한 악을 저지르고도 자기 행위에 대해 까마득히 모를 뿐 아니라 오히려 당연하게 여기게 되니 딱하지 않은가.

　역사를 세심히 관찰해 보면 알 수 있다. 정말 잘난 사람의 폐해가 얼마나 혹독한가를. 범부는 그들을 위인이다 성인이다 영웅이다 칭한다. 그러나 태상노군께서는 무수 세대에 욕망에 불타는 영웅의 할거로 선량한 백성들이 한없는 고통을 당할 것을 꿰뚫어 보고 있다. 위정자뿐만 아니라 종교를 창시한 성인도 오늘날에 와서 보면 독선적 교리와 왜곡의 진리로 다툼의 장본인이 되고 있으니, 노자의 무욕의 충고를 따갑게 들어야 한다.

　어진 이를 숭상하지 않아 백성으로 하여금 다투지 않게 하며, 얻기 어려운 재화를 귀하게 여기지 않아 백성으로 하여금 도적질하지 않게 하며, 욕망을 보이지 않아서 백성으로 하여금 심란하게 하지 말아야 한다. 그러므로 성인의 다스림은 마음을 비우고, 배를 채우고, 뜻은 유약한 듯하지만 뼈는 튼튼하고 늘 백성으로 하여금 꾀부리지 않고 욕심없게 하여 똑똑한 인간들로 하여금 감히 함이 있지 못하게 하니 이런 함 없음의 경지가 되면 다스려지지 않음이 없을 것이다.

이 얼마나 멋진 말씀인가. 과연 노자는 거룩함을 숨기고 범상함隱聖顯凡을 나투신 황자皇者의 스승이며 제자帝者의 스승이며 왕자王者의 스승이며 성자聖者의 스승이시다.

옛날 공자 제자 증자曾子가 다 떨어진 옷을 입고 노나라 시골에서 농사를 짓고 있었다. 노나라 임금이 소문을 듣고 증자에게 한 고을을 떼어 주었다. 그러나 증자가 굳이 사양하자 모두 말하기를,

"그대가 요구한 것이 아니고 임금이 마음에 우러나서 주는 것인데 무엇 때문에 굳이 사양하는가?"

증자가 말하기를,

"내 듣자니 남의 베풂을 받는 자는 항상 남을 두려워하게 마련이고, 남에게 물건을 주는 자는 늘 교만하기 마련이라고 한다. 임금이 나에게 베풂에 교만하시기야 하겠느냐마는, 그러나 나야 어찌 두려운 마음이 없겠는가?"

증자의 말은 노자의 무욕에 가깝다.

그리스의 철학자 디오게네스는 거지가 되어 통 속에 살았는데, 한 어린이가 손으로 물을 떠서 마시는 것을 보고 가지고 있던 잔까지

도 내동댕이치고 말았다. 다 무욕, 무소유의 달인들이다.

　성인이란 천지의 원기를 가지고 태어났기 때문에 만선萬善이 다 갖추어져 있고, 일만 가지 덕이 몸에 두루하여 무사무아無私無我하며, 남음과 모자람이 없으며, 친하고 성근 것이 없으며, 분별과 따짐이 없다.

　또한 만물을 구제하려는 마음이 무궁하고, 세상을 근심하는 마음이 절절하여 천지가 비록 크나 성인의 마음이 만민으로 더불어 다르지 않은지라 총명재지聰明才智로 세상에 쓰지 않고 비상非常의 능소能所로 사람들을 의혹되게 하지 않는다. 조금이라도 능소차별의 마음의 마음이 있으면 유욕유위有欲有爲한 불선의 작위作爲인 것이다.

　어떻게 해야만 허기심虛其心, 실기복實其腹, 약기지弱其志, 강기골强其骨 할 수 있겠는가? 이 광막한 우주에 우리 인생살이는 그야말로 '부생약몽浮生若夢'이다.

　　　백 가지 근심이 마음을 흔들고
　　　만 가지 일이 몸을 괴롭힌다
　　　하물며 어리석은 사람은
　　　힘이 미치지 못하는 것까지 생각하고
　　　슬기가 미치지 못하는 것까지 근심하고 있으니
　　　붉게 빛나던 얼굴 고목처럼 삭고
　　　검게 윤나던 머리 별처럼 희끗희끗

百憂感其心、萬事勞其形
奈何思其力之所不及 憂其智之所不能
宜其渥然丹者爲槁木 黟然黑者爲星星

여기서 더 심해지면 정력을 탕진하여 끝내 병이 깊어 백약이 무효하고 어두운 벽 안에서 신음으로 긴 인생의 여로를 마감하니 어찌 슬프지 않겠는가.

다음은 위魏나라 응거應璩의 시다.

옛적 길 가던 사람이
밭머리에 세 노인을 만났네
나이는 모두 백여 살 남짓
함께 김을 매고 있었다.
앞으로 나아가 세 노인에게 묻는 말,
무슨 수로 이렇게 장수하시느냐고
윗노인 하는 말,
마누라가 미인이 아닐세
가운데 노인이 나서서 하는 말,
음식을 양에 맞춰 절제한다고
아랫노인 하는 말,
밤에 잘 때 뒤척이지 않는다고

요긴한 세 노인 말씀

이리해서 장수할 수 있었다오

昔有行道人 陌上見三叟

年各百餘歲 相與鋤禾麥

往前問三叟 何以得此壽

上叟前致詞 室內姬粗醜

二叟前致詞 量服節所受

下叟前致詞 夜臥不覆首

要哉三叟言 所以能長久

차지 않는다 不盈

도는 빔으로 쓰면 넘치지 않으니
고요한 연못과 같이 만물의 조종祖宗이 되네
예리한 것은 꺾고 분란한 것은 풀고
그 빛살을 화하게 하여 세속에 함께 하네
맑고 고요하게 있는 듯
나는 누구의 아들인지 몰라
하느님보다 먼저 있었다 하네

道充而用之 或不盈 淵兮似萬物之宗
挫其銳 解其紛 和其光 同其塵
湛兮似若存 吾不知誰之子 象帝之先

항주杭洲에 과일 파는 사람이 있는데, 귤을 잘 저장하여 추위와 더위가 지나도 상하지 않았다. 꺼내 보면 광택이 나서 마치 옥 같은 바탕에 금빛 광택이 있었다. 시장에 내다 팔면 그 가격이 전보다 열 배나 비쌌지만 사람들이 다투어 사갔다. 내가 한 개 사서 갈라 보았 더니 먼지가 입과 코를 찌르는 듯했다. 귤 속을 들여다보니 말라서 헌 솜 같았다. 이상히 여겨 말을 했다.

"당신이 시장에서 파는 것은 변두邊豆에 담아 제사도 지내고 손님 에게 대접하는 것이 아니겠소? 그런데도 겉만 번지르르하게 하여 우 매하고 물건 볼 줄 모르는 사람을 속인단 말이오? 속임수가 심하오."

과일 파는 사람이 웃으면서 말했다.

"제가 이 장사를 한 지 여러 해 되었습니다. 저는 이 장사로 생계 를 꾸려 갑니다. 제가 귤을 팔고 사람들은 귤을 사가지만, 불평이 있은 적이 없습니다. 그런데 유독 당신만 불만이 있으시군요. 세상 에 속임수를 쓰는 사람이 많고 많은데, 어찌 저 한 사람뿐이겠습니 까? 당신이 생각지 못해서 그런 것입니다. 호부虎符를 차고 장군 자 리에 앉아 있는 사람들이 한 나라의 간성인 것 같지만, 그들이 과연 손무孫武와 오기吳起와 같은 계략을 계획할 수 있습니까? 큰 관을 높 이 쓰고 긴 띠를 두른 사람들이 뜻이 높고 뛰어나 조정의 인재처럼 보이지만, 그들이 과연 이윤伊尹과 고요皐陶와 같은 업적을 이룰 수 있습니까? 도적이 흥기해도 막을 줄 모르고 백성이 곤경에 빠져도 구할 줄 모르며, 관리들이 간악해도 제재할 줄 모르고 법령이 무너 져도 고칠 줄 모르면서 봉록을 소비하지만 부끄러운 줄도 모릅니 다. 그들이 훌륭한 집에 앉아 있고 큰 말을 타며, 좋은 술을 마시고 살찌고 신선한 고기를 먹는 것을 보면, 명성이 높아 본받으려 하지 않는 사람이 있겠습니까? 이것이 겉만 번지르르한데 안에는 헌 솜 같은 것이 들어 있는 것이 아니겠습니까? 지금 당신은 이러한 것도 이해하지 못하고, 오히려 저의 귤만 헐뜯고 계십니다."

나는 아무 대답도 못하고 물러나와 그의 말을 생각하고, 동방생東方生의 익살과 비슷하다고 여겼다. 그는 세상의 간사하고 속된 사람을 미워하는 사람인지, 아니면 귤로 세상을 풍자하는 사람인가?

이 글은 유기劉基가 쓴 매감자언賣柑者言이라는 이야기다.

오늘날 우리 정치인이 이 귤 파는 사람의 얼토탕토아니한 이 변명을 그르다고 할 사람이 얼마나 될까? 일인당 국민세는 몇백만 원씩 거두어서 어디에다 다 탕진하고, 잔꾀로 백성을 기만하고, 부정부패가 썩은 감귤처럼 코를 찌르니 한심하지 않을 수 없다. 고위직에서 말단에 이르기까지 썩지 않은 곳이 거의 없으니 누가 똥물 같은 이 도도한 물결을 맑힐 수 있단 말인가? 생각에 생각을 거듭해도 참으로 풀기 어려운 난제다.

이런 문제의식을 가지고 고민하는 사람을 장자莊子가 말하는 바로 깨어 있는 자의 천벌일지도 모른다. 그러나 반근착절盤根錯節의 곳에 칼날을 놀리지 않는다면 통인달사通人達士가 할 바가 아니니, 결국은 이런 사람이 많을 때 비로소 이 나라가 희망이 열리지 않겠는가.

이 사회가 병들고 썩은 것은 우리 모두의 지나친 욕심과 이기심 때문이니, 오늘날 참으로 절실히 요구되는 것은 도는 빈 것으로 쓰면 넘치지 않는다는 노자의 무욕의 말씀이 귓전을 적신다.

중을 지켜라 守中

천지가 어질지 못하여 만물로 추구를 삼으며

성인이 불인하여 백성으로 추구를 삼나니

천지의 사이는 풀무와 같을진저

비었으되 굴하지 않으며, 동하면 더욱 나오니

말이 많으면 자주 궁한지라 중을 지킴만 못하니라

天地 不仁 以萬物 爲芻狗 聖人 不仁 以百姓 爲芻狗

天地間 其猶橐籥乎• 虛而不屈 動而愈出

多言數窮 不如守中

　추구芻狗는 제사를 지낼 때 쓰고 제사를 마치면 버려져서 일찍이
자애은후慈愛恩煦의 뜻이 없다. 천지가 만물에 대함과 성인이 백성
을 대함에도 이와 같다. 장자가 말하기를 대인大仁은 불인不仁이라
하며, 지덕至德의 시대에는 서로 사랑하되 사랑함을 알지 못한다

하니 또한 이런 뜻이다. 탁약橐籥은 바람을 고동鼓動하는 풀무니 능히 빔으로 중을 지켜 그 쓰임이 굴하지 않는다. 때문에 동하면 바람이 더욱 나오나니 하늘이 물질을 낳음에 마치 풀무가 고동함과 같아서 하늘 또한 무심으로 만물을 낳음과 그 도가 같은 것이다.

열자列子에 이런 이야기가 있다

기국杞國의 어떤 사람은 천지가 무너져 떨어지면 자기는 어찌 될 것인지, 그것이 걱정이어서 침식을 전폐하고 있었다. 이것을 딱하게 여긴 사람이 있어서 찾아가 타일렀다.

"이보게, 하늘이란 공기가 쌓인 것일 뿐 별것이 아닐세. 공기는 어디에라도 있는 것이어서, 우리가 팔다리를 굽혔다 폈다 하는 것이라든가, 숨을 들이쉬고 내쉬는 것이 다 공기 속에서 하고 있는 일이라네. 그렇다면 종일 하늘 속에서 행동하고 있는 셈이니, 그런 공기로 된 하늘이 어떻게 무너져 떨어진다는 것인가? 그런 걱정은 말게."

그 사람이 반문했다.

"공기 쌓인 것이 하늘이라? 그러면 일월日月이나 별 같은 것이 떨어지지 않겠나?"

"일월이나 별도 공기가 쌓인 점에서는 같네. 다만 빛을 내고 있을 뿐이지. 그러므로 설사 그것이 떨어져 와도, 아무도 손가락 하나 상할 리가 없네."

"그건 그렇고, 이 땅이 무너지면 어쩐다?"

"땅이란 흙덩이가 사방의 허공을 다 메워 놓았으니, 어느 곳이라고 흙덩이 아닌 데는 없네. 걸으면서 종일 땅 위에서 움직여 보게. 어째서 그것이 무너질 리가 있겠나?"

그 사람은 그제서야 매우 기뻐했다. 깨우쳐 준 사람도 역시 기뻐했다.

장려자長盧子가 이 말을 듣고 웃었다.

"무지개, 운무雲霧, 풍우風雨, 사시四時는 다 축적된 공기가 하늘에 나타난 것이다. 산악, 하해河海, 금석金石, 화목火木은 다 축적된 물질이 땅에 나타난 것에 지나지 않는다. 이같이 축적된 공기거나 흙덩어리라면, 무너지지 않는다고 어찌 단정하랴.

천지는 허공 중에 존재하는 한 미세한 물질에 지나지 않는다. 그러나 우리 눈에 띄는 것 중에서는 가장 거대한 것임에 틀림없다. 그러므로 그 끝을 헤아리기 어렵고, 이를 측정하기 어려울 것은 당연하다. 천지가 무너질 것이라 걱정하는 것도 엉뚱한 일이지만, 무너지는 일이 절대로 없을 것이라고 말하는 것도 꼭 옳다고는 할 수 없다. 그러나 유형有形의 것은 다 파괴되는 이치로 미루어 본다면, 천지도 무너지지 않을 수 없는 법칙 밑에 있음이 확실하며, 언젠가는 무너진다고 인정해야 한다. 워낙 천지는 거대하기에 그 시기를 예측은 못하나, 그때가 되면 누군들 걱정하지 않을 수 있겠는가."

열자가 듣고 웃었다.

"천지가 무너질 것이라고 말하는 것도 잘못이고, 무너질 리가 없다고 하는 것도 잘못이다. 무너질지 아니 무너질지는 아무도 모르기 때문이다. 그러나 무너져도 그만, 안 무너져도 그만일 따름이다.

사람이란 살아서는 죽음을 이해 못하고, 죽어서는 삶을 이해 못하며, 미래에서는 과거를 모르고, 과거에서는 미래를 모르도록 되어 있다. 천지가 무너지느냐 안 무너지느냐, 그런 문제에 마음을 쓸 필요가 어디 있겠는가."

그렇다. 천지가 어질다거나 어질지 못하다고 여기는 두 가지 견해는 어떻게 보면 다 옳지 못할 수도 있다. 우리는 무한우주 속에 유한한 삶을 사는 나약하고 보잘것없는 존재다. 그래서 절대의 높고 큰 사랑의 하늘이 나를 사랑한다고 여기고 그래서 위로받고 싶은 마음이 있을지 몰라도, 다시 한번 냉정히 생각해 보면 천지는 불변인 듯 여겨지지만 그 천지도 한순간도 정지해 있지 않으며 끊임없이 변하고 있다.

우리 삶도 저와 같이 끊임없이 변해가고 있을 뿐이다. 그 길에 희비가 있을 수 없으니 본질을 꿰뚫어 보면 세상에 그 어떤 것도 영원히 소유할 수 없다. 내 몸도 내가 소유할 수 없거니 무엇을 영원히 소유할 수 있단 말인가. 사랑하지도 않지만 나도 또한 그를 미워하지도 아니하니 천지도 그와 같다. 하느님이 나를 사랑한다 미워한다, 있다 없다 하는 것이 정말 우습지 않은가.

골짜기의 신묘함 谷神

곡신이 죽지 않음을 현빈이라 이르고
현빈의 문을 천지의 뿌리라고 한다
면면히 있는 듯 이것을 씀에 수고롭지 않다

谷神不死 是謂玄牝
玄牝之門 是謂天地根
綿綿若存 用之不勤

골짜기는 텅 비어 있어 소리가 오는 대로 메아리를 울린다. 골짜
기는 비어 있고 낮아 모든 것을 수용하고 생성한다.

현묘한 암컷이 하늘을 낳고 땅을 낳으며 천지 사이에 만물을 끝없
이 생성함으로 '현빈玄牝이라 일컫는다.' 빈牝이란 수컷에 대응하는
것으로 곧 만물의 어머니다. 문門은 출입하는 곳이니 만물이 모두
거기서 나오고 거기로 들어가므로 현빈의 문을 천지의 뿌리라고

일렀다. 면綿은 끊임없이 이어짐을 말한다. 이 도는 지극히 그윽하고 은미隱微해서 면면히 끊이지 않는 것이다.

신서新序에 이런 이야기가 있다.

위魏 문후文候가 단간목段干木의 동네 앞을 지나면서 절을 하였다. 마부가 이를 이상히 여겨 물었다.

"임금께서는 어째서 절을 하십니까?"

문후가 이렇게 대답하였다.

"여기가 바로 단간목의 동네가 아니더냐? 단간목은 어진 분이시니, 내가 어찌 감히 절을 하지 않고 지나갈 수 있겠느냐? 또 단간목은 한 번도 자신의 고결함으로 과인을 경시하지 않았다. 그러니 내 어찌 그를 높이지 않을 수 있겠는가? 단간목은 덕에서 빛나고 과인은 땅에서 빛이 나며 또 단간목은 의義에서 부유하고 과인은 재물에서 부유하다. 땅은 덕만 못하고 재물은 의만 못하니, 내가 마땅히 모셔야 할 사람은 바로 이분이다."

그러고는 마침내 백만의 녹祿을 주고 때때로 그를 찾아가 자문을 구했다. 백성들이 이를 알고 기뻐하며 함께 이런 노래를 불렀다.

우리 임금 정의를 좋아하시지
그래서 단간목을 존경한다네
우리 임금 충을 좋아하시지
그래서 단간목을 높이셨다네

그로부터 얼마후 진秦나라가 군대를 일으켜 위나라를 공격하려 하였다. 이때 사마당저가 진나라 임금을 이렇게 만류했다.

"단간목은 어진 사람으로 위나라에서 그를 예우하고 있습니다. 천하에 이 사실을 모르는 사람이 없는데 그런 나라를 침략할 수 있겠습니까?"

진나라 임금도 그렇다고 여겨 군대를 철수하고 위나라를 공격하지 않았다.

이로 보면 문후는 용병에도 뛰어났다고 할 수 있다. 무릇 군자로서 용병에 뛰어난 자는 그 형세가 보이기 전에 이미 공을 완성한다고 하였으니, 바로 이런 경우일 것이다.

그런가 하면 어리석은 자의 용병은 북소리를 우레처럼 울리고 하늘이 떠나갈 듯 소리를 지르며, 먼지를 하늘 가득 일으키고 화살을 비 오듯 날린다. 또 사상자를 일으켜 끌고 가며 창자를 밟고 피를 건넌다. 그래서 죄 없는 백성으로 죽은 자가 연못에 가득한데도 나라가 망할지 견뎌 낼지 임금이 죽을지 살지 모르게 된다. 이는 인의로부터 아주 동떨어진 일이다.

또 이런 이야기도 있다.

번희樊姬는 초나라 장왕莊王의 부인이다. 어느 날 장왕이 조회를 하느라 늦게 돌아오자 번희가 장왕에게 늦도록 회의를 한 까닭을 물었다. 장왕은 이렇게 말하였다.

"오늘 어진 재상과 더불어 이야기를 주고받느라 시간이 이렇게 흘렀는지 몰랐구려."

그러자 번희가 다시 물었다.

"어진 재상이라면 누구를 말씀하시는 것입니까?"

"우구자虞丘子를 두고 한 말이오."

왕의 대답에 번희는 입을 가리고 웃었다. 왕이 그 까닭을 묻자 번희는 이렇게 대답했다.

"첩은 다행스럽게도 건즐巾櫛을 잡고 대왕을 모시면서 귀함과 사랑을 독차지하고 싶은 마음이 없는 것은 아니지만, 혹시나 대왕의 의義를 상하게 하지 않을까 하여 첩과 동등한 지위의 여러 여자들을 임금께 바쳤습니다. 그러나 지금 우구자는 재상이 된 지 십수 년이 되었지만 단 한 번도 어진 이를 추천한 적이 없습니다. 알면서도 추천하지 않았다면 이는 충성심이 없는 것이요, 몰라서 그랬다면 이는 지혜롭지 못한 사람입니다. 그런데도 어찌 어질다고 일컬으십니까?"

이튿날 조회 때 왕이 번희의 말을 우구자에게 일렀다. 그러자 우구자는 머리를 조아리며 "번희의 말대로입니다" 하고는 재상의 자리를 사직하고 손숙오孫叔敖를 초나라 재상으로 추천하였다. 이리하여 초 장왕은 마침내 패업覇業을 이룰 수 있게 되었다. 초 장왕이 패업을 이룬 것은 번희가 그에게 많은 힘이 되어 주었다고 하겠다.

번희와 위 문후는 노자가 말하는 현빈의 경지에야 아득하게 멀겠지만, 자기를 비워 나라와 자신의 영광을 지킨 곡신의 도를 엿본 자라고 하지 않으랴? 이 문門의 묘를 깨달은 자는 만법萬法이 병출並出

하고 미迷한 자는 천반千般이 경색梗塞 되는 것이다. 수도하는 사람이
과연 허정虛靜의 명당에 처하면 가히 원초元初의 면목을 알 것이다.

　　계곡의 신은 죽지 않는다
　　검은 암컷의 문이여
　　천지의 뿌리로다
　　영원히 존재하리

　　谷神不死 玄牝之門
　　天地之根 綿綿若存

사사로움이 없다無私

천지는 장구하다
천지가 장구한 이유는 스스로 생색내지 않기 때문이다
이런 까닭에 성인은 자신을 뒤로 하되
저절로 앞세워지고 그 몸을 도외시하되 참몸이 있다
그것은 곧 사사로움이 없어서가 아니겠는가
그러므로 참나가 있음이니라

天長地久 天地所以能長且久者 以其不自生 故能長生
是以 聖人 後其身而身先 外其身而身存
非以其無私耶 故能成其私

　무사無私란 만물에 보편하여 '나'라고 하는 생각을 두지 않는 것
이다. 지성이 아니면 될 수 없고 너와 내가 일체가 아니면 할 수 없
는 일이니 성인은 나라고 하는 사사함을 두지 않아 천하에 견줄 수

없는 독보적인 귀한 존재가 되는 것이다. 어찌 사람이 나라고 하는 사사함이 없을 수 있겠는가 하고 반문할 수 있겠으나, 사랑이 있으면 범부도 가능한 일이니 사랑하는 님을 위해서는 대신 죽을 수도 있고, 아끼는 자식을 위해서는 평생을 헌신해도 오히려 부족하게 여긴다. 참으로 성인의 무사無私는 지극한 것이다.

사마천이 지은 사기史記에 다음과 같은 이야기가 전한다.

주나라의 무왕이 죽자, 동생 주공은 어린 조카인 성왕을 보좌했다. 그리고 자신의 아들 백금에게 자신을 대신해서 봉지인 노나라로 가게 하고 그에게 이렇게 훈계한다.

"나는 문왕의 아들이고 무왕의 동생인 동시에 성왕의 숙부다. 나는 하늘 아래에서 결코 낮은 신분이 아니다. 그래도 나는 손님이 찾아오면 머리를 감다가도 세 번이나 머리를 잡고 뛰어나갔으며, 밥을 먹다가도 세 번이나 뱉어 내고 자리에서 일어나 인재를 맞아 대접했다. 그럼에도 오히려 천하의 어진 인재들을 잃지 않을까 걱정했다. 너는 노나라로 가면 제후라고 해서 다른 사람에게 교만해서는 안 된다."

이것이 바로 주공악발周公握髮이라는 고사다. 실로 주공은 유가에서 높이는 성인이지만 노자의 후기신後其身의 도를 실행한 분이다. 그런데 세상엔 종종 이제 겨우 밥술 꽤나 먹는다고 안하무인인 졸부가 허다하니 주공의 눈엔 이런 사람은 과연 어떻게 보일까 참으로 궁금하다.

또 후한서後漢書에 이런 이야기도 있다.

채옹蔡邕의 자는 백개이며 진유군 어현 사람이다. 젊어서부터 박학다식해 문학, 수학, 천문학을 좋아하고 음악을 아주 잘했다. 조용히 살면서 옛날을 사색하며, 같은 시대 사람들과는 사귀지도 않았다. 뒤에 궁궐 근위대장인 중랑장이 되었다.

헌제가 서쪽으로 도읍을 옮기자, 왕찬이란 사람도 장안으로 이주했다. 채옹은 그를 만나보고 높이 평가했다. 당시 채옹의 재능과 학문에 뛰어나 조정에서도 높이 존경받았다. 그의 집에는 항상 수레나 말이 길을 메우고 손님이 자리에 가득 찼다.

그런데 채옹은 왕찬이 문 앞에 왔다는 말을 듣자 신을 거꾸로 신고 맞아들였다. 왕찬이 들어왔는데 나이가 젊은 데다가 땅딸막한 모습을 하고 있어 좌중의 사람들이 모두 놀라자 채옹이 말했다.

"이분은 왕공의 자손으로 뛰어난 재능을 가지고 있습니다. 나도 뛰어넘지 못할 정도입니다. 우리 집의 책과 글을 전부 그에게 줄 작정입니다."

왕찬의 증조 왕공, 할아버지 왕창은 모두 삼공 벼슬의 대신이었다.

역시 몽구에도 실려 있는 채옹도사蔡邕倒屣라는 고사다.

이 이야기는 겸손함으로 인재를 끌어안는 모습을 잘 보여 준다. 왕찬은 나이가 젊고 다른 사람의 평가를 받지 못한 인물이지만 당대 대학자로서 조정의 여망을 짊어진 채옹에게만은 눈에 띄었다. 역시 안목이 있어야 외모만이 아니라 볼 수 없는 것까지도 볼 수 있는 것이다. 참으로 소중한 것은 눈에 보이는 것이 아니다. 세상 사람들은 각각 개인의 사사로움을 위해 온갖 계략을 끊임없이 꾀한다. 하지만 자신을 위하려는 사사로움 때문에 장구한 삶을 이루지 못한다는 것은 알지 못한다. 몸과 명예도 바람같이 사라짐을….

여길보呂吉甫는 이렇게 설명하고 있다. 길고 짧음은 형체요, 멀고 가까움은 때다. 하늘은 시간이 가는 것이니 형체의 부족함을 의심하여 장長으로써 말하고 땅은 형체로써 운행되는 것이니, 시간에 부족함을 의심하여 구久로써 말한 것이다. 천지의 뿌리는 현빈玄牝에서 나오고 현빈의 체는 골짜기의 신이 죽지 않는 데 세우나니, 불사不死한즉 불생不生하고 불생不生한 자는 능히 삶을 생生하는 것이다. 성인은 무하유無何有에 노닐어 외물에 능히 장애받음이 없는지라, 몸을 밖으로 하되 몸이 존재하는 것이다.

몸이란 나의 사사함이니 후기신後其身 외기신外其身 하면 공의롭고 사사함이 없는지라, 이것이 곧 하늘의 지공무사至公無私한 장구의 도에 계합하는 것이다.

가장 착한 것은 물과 같다 若水

가장 착한 것은 물과 같으니

물은 만물을 이롭게 하되 다투지 않는다

뭇 사람들이 싫어하는 곳에 처하기를 좋아한다

그래서 도에 가깝다

상선인上善人은 선한 곳에 살고

마음은 못과 같이 깊어 측량할 수 없고

착한 사람과 더불어 하고

말은 선하고 어질며 잘 다스리며 일은 능숙하게

시절 변화에 맞추어 오직 다툼 없음으로 허물도 없다

上善若水 水善利萬物而不爭 處衆人之所惡 故幾於道

居善地 心善淵 與善人 言善仁 政善治

事善能 動善時 夫唯不爭 故無尤

상선인은 어떤 사람인가? 보통 사람들은 이렇게 생각할 것이다.

'내게 잘 대해 주는 사람이 좋은 사람이다.'

그러나 좋은 사람 나쁜 사람의 기준은 매우 주관적인 일이다. 예컨대 천하가 공노할 못된 죄를 지어도 그의 어머니는 용서하려 할 것이다. 아마도 우미인은 죽는 순간까지도 항우를 사랑했으리라. 신창원의 동거녀가 "오빠가 잡히는 과정에서 다치지 않은 것이 다행이다" 하는 말이 진심에서 나온 말인 줄 나는 안다.

우리는 어설픈 나의 주관적 잣대를 노자의 객관적 잣대로 바꾸어야 한다. 상선인은 물과 같이 만물을 이롭게 하고 다투지 않는 사람, 뭇 사람들이 싫어하는 낮은 곳에 처하기를 좋아하는 사람이며, 이런 사람이 좋은 사람이요, 이런 사람이 모여 사는 곳이 곧 낙원이다.

유하동집柳河東集에 이런 이야기가 있다.

부판은 등에다 짐을 얹고 다니기를 좋아하는 작은 벌레다. 기어가다가 무슨 물건이고 맞닥뜨리면 고개를 바짝 쳐들고 그것을 등에 얹는다. 등 위의 짐이 많아져서 극도로 지친 상태에서도 포기하지 않는다. 그의 등은 펀펀해서 그 위에다 얹어 놓은 것들은 굴러떨어지지 않는다. 그리하여 마침내는 무게에 짓눌려 일어나지 못할 지경에까지 이른다.

사람이 어쩌다가 그 꼴을 보고 가엾게 여겨 물건을 내려 주기도 한다. 그러나 그 놈은 일어나 다시 기어갈 수 있게 되면 전과 마찬가지로 등에 물건을 얹기 시작한다. 또 높은 곳에 기어오르기를 좋아하는데, 기어다니다가 힘이 빠져도 쉬지 않으며 끝내는 땅으로 떨어져 죽고 만다.

탐욕스러운 사람은 재물만 보면 이를 집어삼켜 제 욕심을 채우고 부자 행세를 한다. 그리고 그 재물들이 화근이 된다는 것을 모르고 그저 더 많이 모으지 못한 것만을 안타까워한다. 재물로 인하여 지치게 되고 사고가 생겨 관직에서 쫓겨나 단단히 곤욕을 겪기도 한다. 그러나 다시 기용되면 그는 또다시 예전처럼 탐욕스런 짓을 하게 된다. 날만 새면 더 높은 벼슬자리에 오르려 하고 더 많은 보수를 받을 생각만 한다. 그리고 재물을 탐하는 욕심은 점점 커져서 한 발 한 발 위험한 지경으로 다가간다.

그리고 앞사람이 재물을 탐하다가 목숨까지 잃는 것을 직접 보고도 이를 거울로 삼을 줄 모른다. 이런 탐욕의 인간들은 허세와 거드름으로 남과 자신을 속이지만, 부판벌레와 다를 바 없으니 얼마나 어리석은가!

또 맹자孟子에 이런 우언寓言도 있다.

제齊나라 사람 중에 아내와 첩을 데리고 사는 사람이 있었다. 그는 나가기만 하면 반드시 술과 고기를 실컷 먹고 돌아오곤 하였는데, 그의 아내가 함께 먹고 마신 사람이 누구인지 물으면 그때마다 모두 부유하고 귀한 사람들의 이름을 댔다. 그의 아내가 첩에게 말하였다.

"주인이 나가면 반드시 술과 고기를 실컷 먹고 돌아오고, 함께 먹고 마신 사람을 물어 보면 모두 부유하고 귀한 사람들인데도 아직

껏 이름난 사람이 한 번도 집에 온 일이 없으니, 내가 주인이 가는 곳을 몰래 알아봐야겠네."

그러고는 몰래 남편을 따라나섰는데, 온 나라를 두루 다녀도 남편과 같이 서서 이야기하는 사람이라곤 없었다. 남편은 마침내 동쪽 성 밖의 무덤에서 제사 지내는 사람한테 가서 그들이 먹고 남은 것을 구걸하고, 부족하면 또 돌아보고서 다른 곳으로 갔다. 이것이 그가 실컷 배를 채우는 방법이었다.

아내는 돌아와서 첩에게 말하였다.

"주인이란 우러러보고 평생을 살 사람인데 지금 이런 꼴일세."
하고 그의 첩과 함께 남편을 욕하면서 울었다. 그런데도 그 남편은 으스대며 돌아와 여전히 자기 아내와 첩에게 거만했다.

이는 부귀와 영달을 추구하는 데 정신이 팔려 저열하고 추잡스러운 일을 하면서도, 남이 이를 모를 것이라고 생각하며 사는 사람들을 풍자한 것이다. 이 이야기와 관련하여 맹자는 다음과 같은 말을 하였다.

"군자君子의 눈으로 볼 적에 부귀와 영달을 찾아다니는 사람들 중에 아내와 첩에 부끄럽지 않을 자 극히 드물 것이다."

이는 모두 추악한 인간들로 한평생 살면서 얼마나 많은 사람들을 골병들게 할지 알 수 없다. 지금 세상은 이런 탐욕스러운 인간들이 너무나도 많다. 대통령 자리는 하나인데 대통령 하겠다는 인간은 왜 그리도 많은지. 탐욕으로 마음이 찌든 인간과 대권 주자들에게 노자의 약수장若水章을 약藥으로 권한다.

영대靈臺에 고하는 글

젊은 때에 수행하고 고행하라. 세월은 덧없이 흐르나니.

나는 수없이 보았다. 종로거리를 무료하게 서성이는 늙은이들을…. 그들이 갈 곳은 절망과 죽음이 기다리고 있을 뿐이다. 가족을 위하고 생활에 충실한 것만이 꼭 나를 위하고 나라를 위하는 길이라고 생각지 마라. 노쇠한 저 늙은이들도 그렇게 세월을 다 때웠다.

설혹 그대가 명예와 부귀를 다 가지고 남의 존경을 한몸에 받는다고 하더라도 내가 지금 말하는 것과는 본질이 다르다. 삶에도 알맹이가 있어야 한다는 말이다. 이것이 이해되지 않으면 참 곤란하다.

내 제자가 되기를 청하는 자는 첫째, 친구를 끊고, 둘째, 잠을 끊고, 셋째, 잘 살기를 포기하고, 넷째, 잔재주와 명예욕을 버려라. 이 네 가지 확신이 서지 않으면 내 문전에 서성이지 말고 빨리 돌아감이 좋으리라. 왜? 나의 길과 그대의 삶에 피차 도움이 되지 않기 때문이다.

세상 사람들의 기억에서 점점 멀어질수록 그대는 더욱 신선의 세계에 가까워짐을 보리라. 그대가 숭모하는 척하는 성인도 세속의 눈으로 보면 다 패가망신한 자들이다. 그래도 밤하늘의 별과 같이 그 빛살이 영롱한 이유는 무엇인가?

요강과 꿀단지를 함께 쓸 수 없다. 농부가 어찌 잡초와 곡식의 씨를 함께 뿌리겠느냐? 우리 마음밭은 그보다 더하다.

어쨌든 차안此岸을 떠나야 피안彼岸에 가든 말든 할 것 아닌가. 이 언덕을 출발도 아니하고 저 언덕에 이르는 길만 따진다면 그 또한 한심한 일이니, 내가 이 네 가지를 제시함은 그대를 끊고자 함이 아니라 우리 만남을 소중하게 생각하기 때문인 것이다.

누가 가령 이 네 가지를 완전하게 실천했다 하더라도 우리 만남이 결코 완전하다고는 할 수 없다. 왜냐하면 이 또한 과정일 뿐 목적은 아니기 때문이다. 그렇다면 너와 내가 궁극에 이르러야 할 곳은 어디란 말인가.

산산수수 다 달라도
상전벽해 본래가 같다
한 생각 없을 때
그대 영대 빛나리

山山水水個個異 桑田碧海本來同
百千塵念不到時 一片靈臺自空空

성경도 때로는 마음을 어지럽힌다

어느 날 고서점에 들렀더니 주인 아저씨가 고서 성경을 한 권 놓친 것을 안타까워하고 있었다. 백 몇십 년 전에 어디서 만든 책인데 크기가 얼마만 하고 장정은 무슨 가죽으로 했는데 정말 탐나더라고 했다. 워낙 고가高價라서 망설였더니만 그만 놓쳤다고 끝내 섭섭해하는 눈치였다.

그 모습을 보고 내가 옆에서 한마디 거들었다.

"아, 성경도 너무 좋으니 사람의 마음을 어지럽히는구나!"

대개 놓친 고기의 크기를 따지고, 죽은 자식 나이를 헤아리는 것은 다 중생의 덜 깬 꿈이거늘 어찌 떠난 물건을 좇으랴?

매독환주買櫝還珠라는 말이 있는데, 귀함을 천히 여기고 천한 것을 귀하게 아는 것으로, 한비자韓非子의 외저설좌상外儲說左上에 있는 말이다. 초楚나라 사람이 자기가 소지하는 구슬을 정鄭나라 사람에게 파는데 목란木蘭이나 계초桂椒 등과 같은 미재향목美材香木으로 이중 상자를 만들어 여러 가지 주옥으로 꿰매고, 또 매괴枚槐의 보석으로 꾸미고 다시 적우조赤羽鳥의 날개로 꾸몄더니 정나라 사람은 그 상자만 사고 구슬은 돌려 주었다는 이야기다.

우리는 눈앞의 화려함에 본질을 잊는 경우가 많다. 얼마 전 어떤 사람이 사법연수원 정문 앞에서 찍은 사진 한 장으로 수십 명의 여자를 농락한 사건을 기억할 것이다. 역시 초등학교도 겨우 졸업한 총각이 일본 여행사의 직원이라 속여 아낙네 수십 명의 돈을 갈취하고 몸을 망친 이야기는 우리가 살고 있는 마을의 이야기다. 순결을 잃었다고 후회하는 무리들은 그래도 괜찮다. 그러나 어쩌다 내게 이런 행운이 다 왔을꼬 하고 한없는 황홀감에 피차가 좋아 전율을 느꼈을 때도 있었을 것이니 때늦은 후회가 무슨 소용이 있겠는가. 극도의 즐거움은 극도의 절망을 낳는 법.

만물을 소유하되 있다는 마음을 두지 않음은 천지요, 나라를 얻어서 스스로 간수하는 자는 영웅이요, 자기 담장 안에서 분수나 즐기는 사람은 범부요, 재물을 탐하여 자기 몸을 잃어버리는 것은 어리석은 사람이요, 오직 먹는 것에 열중하여 자기가 죽는 것도 모르는 것은 금수니 다 크고 작음과 얻고 잃음이 다르니, 작은 이익을 탐하는 자는 큰 이익을 잃고, 작은 욕망을 버린 자는 큰 꿈이 있느니라.

得萬物而不有者 天地也, 得邦國而自有者 英雄也, 得安堵而自樂者 凡夫也, 貪一金而亡身者 癡人也, 貪蹈咽而餌取滅者 禽獸也 大小有差 得失 有異 貪小利者 失大利 無小慾者 有大慾.

나는 때때로 배우지 못하고 재주 없음을 기꺼워할 때가 있다. 아마 내가 공부를 잘했다면 판검사나 아니면 의사가 되었을지도 모를 일이고, 재주가 있었다면 예술가가 되었을지도 모르겠다.

병원에 가 보면 의사는 돈 걱정 병 걱정 하는 사람들의 틈바구니 속에서 하루 종일 만나는 것은 환자뿐이니 그야말로 지옥에 산다. 판검사는 일과가 도둑놈 사기꾼과 함께하는 것이니 그 또한 그다지 유쾌한 일은 못 된다.

내 주위에 거의 모든 사람들은 이름도 없고 재주도 없는 별 볼일 없는 한가한 사람들이다. 나는 그런 별 볼일 없는 사람들을 모아 놓고 공자왈 맹자왈 하며 성인과 노닥거리니 이 얼마나 즐거운가? 그래서 천국 잔치는 별 볼일 없는 버림받은 자들의 것이다. 누구나 한가롭고 자유롭게 살고자 하나 뜻대로 잘 되지 않는다. 그것은 모두 과대한 욕심에서부터 비롯되는 것이니 끝내 일상의 번잡함에서 떠날 수 없는 것이다.

인도의 명상책인 『바바하리다스』에 이런 이야기가 있다.

수도승 한 사람이 숲속에 살고 있었다. 어느 날 다른 수도승이 와서 그에게 바가바드 기타_{힌두교} 경전 한 권을 주었다. 수도승은 날마다 그 책을 읽기로 결심했다. 그런데 어느 날 문득 보니 쥐들이 그 책을 쏠아 먹고 있었다. 그래서 그는 쥐를 잡으려고 고양이를 키우기로 결심했다. 그런데 고양이를 데려오긴 했지만 고양이에게 먹일 우유가 없었다. 그래서 이번에는 암소를 데려왔다. 이제 그는 이

짐승들을 혼자서 돌보기에 힘이 부친다는 사실을 알게 되어 암소를 돌봐줄 여자를 구했다.

숲속에서 몇 년을 지내는 사이에 커다란 집과 아내와 두 아이와 고양이와 암소들과 그 밖의 온갖 것들이 마련되었다. 수도승은 훨씬 불행해지고 걱정거리가 많아졌다. 혼자 살 때 얼마나 행복했었지 생각하곤 했지만 소용없는 일이었다. 이제 그는 절대자를 생각하는 대신에 아내와 아이들과 암소와 고양이를 생각한다. 그는 어쩌다가 이런 사태가 벌어졌는지 곰곰 생각해 보고 문득 한 권의 얄팍한 책 때문에 이토록 커다란 세계가 만들어졌다는 결론을 얻었다.

장자莊子에도 이와 비슷한 이야기가 있다.

시남자市男子가 노후魯候를 만났을 때 노후가 이렇게 말했다.

"나는 선왕先王의 도를 배우고 선군先君의 업業을 닦으며, 귀신을 공경하고 어진 이를 존경한다. 그리하여 착실히 이를 행하여 잠깐도 쉰 날이 없다. 그런데도 여러 가지 근심과 어려움을 면치 못하니, 그래서 나는 걱정하고 있는 것이다."

그러자 시남자가 대답했다.

"당신의 그 환란을 제거하는 방법이 너무 얇습니다. 저 살찐 여우나, 털이 아름다운 표범이 숲속에 깃들고 바위굴에 엎드려 있는 것은 정靜이요, 밤이면 나다니고 낮이면 숨는 것은 계戒요, 비록 굶주리고 목마름에 곤궁하더라도 멀리 사람을 피해 마을을 떠나 강호 위에서 먹이를 찾는 것은 정定인 것입니다. 그러면서도 오히려 그물이나 덫의 환란을 면하지 못하는 것이니, 그들에게야 무슨 죄가 있겠습니까? 그것은 오직 그 아름다운 가죽이 재앙을 만든 것입니다. 그렇다면 이제 노나라는 당신의 아름다운 가죽이 아니겠습니까? 원컨대 자신은 당신의 몸을 잊어버리고, 나라를 내버리고, 또 잔꾀를 씻어 버리고 욕심을 털어 버리십시오. 그리하여 저 무인無人의 들 大道가 있는 곳에 노니십시오."

이와 같이 갖가지 근심이 가죽이 되어 우리를 얽어매고 있다. 많은 사람을 거느린 자도 그 사람들로부터 발목을 잡힌 것이고, 남에게 불리는 사람도 역시 걱정과 구속이 있는 법이다.

나를 아는 모든 이로부터 완전하고도 무결한 작별의 인사를 마쳐야 한다. 나를 전송하는 사람들이 모두 돌아간 기슭에서 끝내는 멀어져 다시는 한 사람도 보이지 않을 때, 그때서야 비로소 혼자 남게 된다. 곧 가도 가도 끝없는 도덕의 나라에서 진정 자유로워질 것이다.

좋은 약은 입에 쓰나 몸에는 이롭고 독버섯은 다른 버섯보다 색깔이 더욱 곱다. 화려한 사원에 신이 떠난 지 이미 오래고, 세속의 화려함으로 치장한 자는 영혼의 참이 떠난 지 이미 오랜 빈 껍데기일 뿐이다. 열심히 기도했으니 복 받는다고 여기지 마라. 바라는 것이 있어 하는 기도는 다 자기 집착에 불과한 것이니 어느 눈먼 신이 있어 그 더러운 영혼을 돌아보겠는가.

때로는 성경도 불경도 마음을 어지럽힐 때가 있으니 차라리 허정虛靜한 본심만 못하리라. 오늘따라 야보冶父의 노래가 더욱 그립다.

그대 빛나는 진주는

오온五蘊의 깊은 바닷속에 있으니

어떤 낚시로 건질꼬

한 생각 회오리 바람에 억천의 업연業緣이 따른다

물때 차고 밤은 깊어 낚싯대도 없거니 고긴들 있으리

이 시절 도래하면 비로소 안다, 텅 빈 충만을

千尺絲綸直下垂　一波才動萬波隨

夜靜水寒魚不食　滿船空載月明歸

하늘 위 하늘 아래 오직 나 홀로 드높도다

- 天上天下 唯我獨尊(禪門拈頌 第二)

세존은 정반왕의 첫째 아드님으로 화려한 궁전을 버리고 길가의 무우수無憂樹 아래에서 태어나 발로는 성큼성큼 일곱 걸음을 걷고, 눈으로는 사방을 돌아보고, 손으로는 천지를 가리키며, "하늘 위 하늘 아래 오직 나 홀로 드높구나!"라고 탄생게誕生偈를 읊으셨다.

부처님은 왜 태어나자마자 자신이 홀로 존귀하다고 외쳤을까? 청천백일靑天白日의 날벼락 같은 이 외침을 우리는 어떻게 이해해야 할까?

해인신海印信 스님은 이렇게 칭송했다.

"두루 일곱 자국을 걸으심은 거듭 알리심이요, 하늘을 가리키고 땅을 가리켜도 알아채는 사람 없으니 홀로 외친 소리 대천세계를 진동하네."

"나는 세상에서 최고의 인물이다."

이 말은 왜곡하기 쉽기 때문에 올바로 이해하지 않으면 안 된다. 그것은 부처님은 진정한 각자覺者가 되어 사람을 고통의 세계에서 구제하는 존재가 되었기 때문이다. 안으로는 번뇌의 불꽃을 삭이시고 밖으로는 중생들의 고통을 구원하셨다. 신분은 드높은 왕자로 오셨건만 그분은 길에서 나서 길에서 돌아가셨다.

삶의 본질을 깨닫지 못하고 죽을 때까지 허덕이며 사는 사람이나, 은둔을 빙자하여 게으름을 합리화하는 사람들은 모름지기 저 세존의 법등法燈을 우러러보라.

어느 날 마왕 파순이 "나는 단 한 번의 공양밖에 하지 않았기 때문에 욕계의 지배자밖에 될 수 없었다. 그대가 전생에 어떤 보시를 했는지에 관해서는 어느 누구도 증명해 주지 않지 않는가?"라고 했다.

이 말을 들은 세존께서는 과거 무수한 생애 동안 선업善業을 쌓은 오른손을 뻗쳐서, "움직이는 것, 움직이지 않는 것, 모두에게 공평한 대지여 나를 위해 증언해다오"라고 외쳤다.

이 외침이 끝나자마자 대지가 진동하고 아름다운 음악이 울려 퍼지면서 대지의 여신이 나타나 석존의 진실을 증언하였다. 이에 마왕은 물러나고 싯다르타는 진정한 깨달음을 얻었다.

깊은 산 큰 못에 용과 뱀이 난다

- 深山大澤 實生龍蛇(春秋 襄公 二十一年)

진晉의 숙향叔向과 숙호叔浩는 이복형제다. 처음에 숙향의 어머니가 질투가 심하여 숙호의 어머니가 미인인데도 잠자리를 챙기기가 어려웠다. 모두 숙향의 어머니가 지나치다고 간하니 그녀가 말하기를,

"깊은 산 큰 못에 용과 뱀이 나느니라. 그녀는 아름답다. 내가 두려워하는 것은 그가 용과 뱀을 낳아서 너희에게 화가 미칠까 하는 것이다. 우리 가문은 진나라에서 쇠퇴해 가는 가문이요, 국내 정세는 임금의 총애를 받는 신하가 많고 어질지 못한 사람들이 득실거리니 누가 만일 헐뜯기라도 한다면 곤란하지 않겠는가? 내 어찌 사랑을 질투하랴? 그대는 가서 잠자리를 받들라."

뒷날 그에게서 숙호가 태어나니 미남에다가 용감했다. 숙호는 난회자欒懷子에게 총애를 입었으나 난리에 숙호는 죽고 숙향은 겨우 살아남게 되었으니 숙향 어머니의 예견이 적중했다. 그 어머니에 그 아들이라. 숙향은 대단히 슬기로웠다.

난씨의 죄에 연루되었을 때 어떤 이가 "그대는 지혜 있는 사람인 줄 알았더니 어리석게도 죄에 걸렸구나" 하니 숙향이 말하기를, "남들은 죽는 마당에 아직도 살아 있으니 그보다 낫지 않은가?" 하고 노래를 불렀다.

어느 날 숙향의 옥중에 악왕부가 찾아와서 내가 그대를 위해 왕에게 청하리라고 했다. 숙향은 답하지 않고 절하지 아니했다. 숙향의 측근들이 한결같이 숙향을 허물하자,

"나를 구해 줄 사람은 기대부祁奚일진저!"

측근들이 말하기를,

"기대부는 그야말로 별 볼일 없는 실세失勢요, 악왕부는 칼자루를 쥔 진짜 실세實勢이거늘 그대가 무능한 기대부를 믿는 것은 무엇인가?"

숙향이 대답했다.

"악왕부는 임금의 비위나 맞추는 사람이니 무엇을 할 수 있으랴. 그러나 기대부는 능력이 있으면 원수라도 추천하고 능력이 없으면 친인척이라도 정에 치우치지 아니하니 죄 없는 나를 홀로 남겨 두겠는가?"

나중에 악왕부는 왕 앞에서 역시 딴소리를 하고 기대부는 선자宣子를 찾아가서 설득하여 왕에게 고하여 숙향은 풀려나게 되었다.

그런데 기대부는 숙향을 찾아가서 내가 그대를 위해서 힘썼다는 말을 끝내 아니했으며 숙향 또한 기대부를 찾아가지 아니했다. 진정 장부의 세계는 이런 것이 아닐까? 숙향은 사람을 알아볼 줄 알았다. 그래서 지금도 관상학의 비조鼻祖로 꼽힌다.

아는 것을 안다고 하고
모르는 것을 모른다고 하는 것

- 知之爲知之 不知爲不知 是知也(論語 卷之二)

　　아는 것을 안다고 하고 모르는 것을 모른다고 하는 것, 이것이 곧 아는 것이다. 세상에는 모르는 것도 아는 체 떠벌리는 이가 있는가 하면, 알면서도 모르는 체하는 사람도 있다. 알면서 모르는 체하기도 어렵거니와 모르는 것을 솔직히 모른다고 하기는 더욱 어려운 노릇이다.

　　주자朱子는 "다만 아는 것은 안다고 하고 모르는 것은 모른다고 하면 혹 다 알지는 못하나 자신을 속이는 폐단은 없을 것이고, 또한 자기가 아는 것에 해가 됨도 없으리라" 했다.

　　서울역을 오가며 종종 보는 광경인데, 철도 안내 방송에 방해가 된다고 확성기로 전도하는 행위를 단속하고 있다. 그러나 아랑곳없이 고래고래 고함을 지르는 종교인들의 작태를 보면 우울한 생각이 들 때가 많다. 남의 인격을 저토록 무시해도 좋단 말인가?

열린 마음으로 겸허하게 상대를 대하면 보다 많은 것을 배울 수 있을지도 모른다. 옛말에 내 몸 밖은 모두 스승이라 하였다身外皆吾師.

사람들이 다 안다고 하지만 자신이 모른다는 사실은 모른다. 단 5분 후를 알 수 없고, 한칸 벽 뒤에서 일어나는 일을 알 수 없다. 우주의 끝은 열렸는지 닫혔는지, 질서와 혼돈의 고리 부분은 어디쯤인지, 더더욱 귀신의 세계는 알기 어려운 것이다. 그렇지만 수많은 종교 가운데 그것도 극히 일부분인 자기네 경전 몇 줄 외우고서 통달한 것같이 고래고래 고함을 질러 외친다면 참으로 곤란한 일이 아니겠는가.

어느 날 자공子貢이 공자께 여쭈었다.

"귀신은 지각知覺이 있습니까 없습니까?"

"내가 죽은 사람이 지각이 있다고 한다면 장차 세상의 모든 효자와 순손順孫들이 자기가 사는 데 관계가 된다고 하여 귀신을 섬기는 것을 지나치게 할까 두려우며, 이와 반대로 내가 죽은 사람은 지각이 없다고 한다면 세상의 모든 불효자들은 그 부모의 시체를 그대로 버려두고 장사도 지내지 않을까 두렵구나. 사賜, 자공 이름야! 네가 만일 죽은 사람의 지각이 있고 없는 것을 알고자 한다면 뒷날 가서 자연히 알게 될 것이니 이것은 오늘의 급무急務는 아닌 것이다."

우물 안에 앉아서 하늘이 작다고 하고, 스스로 눈을 가리고 태양이 어둡다고 악을 쓸 것이 아니라 하해河海와 같은 대범한 마음으로 일체 유정무정有情無情을 포용해야 한다. 그리고 조용히 자기를 관조하여 아는 것을 안다고 하고 모르는 것을 모른다고 하는 것이 어떨까?

먼저 할 바와 나중에 할 바를 알면
곧 도에 가깝다

– 物有本末 事有終始 知所先後 則近道矣(大學)

크고 멋진 집을 지으려면 먼저 좋은 설계도가 필요하다. 치밀한 계획 없이는 결코 좋은 집을 지을 수가 없다. 대문을 어느 방향으로 할 것이며 문짝은 어느 회사 제품을 쓸 것인가 등….

그렇지 않고 문틀에 적당히 문을 끼워 맞춰 문짝이 1센티만 크든지 작든지 해도 문으로서의 효용이 떨어질 뿐 아니라 집 전체의 분위기마저 흐릴 수가 있다.

그러므로 제 위치에 꼭 맞아야 한다. 정확한 지도와 나침반이 없다면 어떻게 먼 여행을 떠날 수 있겠는가? 우리 삶은 집 짓는 것보다 중요하고 먼 여행보다 진지하다.

우리 본성은 영원하지만 우리 육체는 유한으로 사는 이유가 있다. 태어난 것은 반드시 죽음을 맞이해야 하는 것은 바로 시작과 끝이 있음을 뚜렷하게 보여 주는 한 예다. 만약 우리에게 죽음이 없고 영원하다면 우리는 아무것도 애써서 이룰 필요가 없게 된다. 왜냐하면 언제든지 할 수 있는 시간이 있기 때문이다.

또한 우리 본성이 영원한 시간 속에 섬광처럼 허망하게 지나가는 일회성 인생을 돌아본다면 우리는 지금 이 순간에 최대한 즐기고 발광하지 않고는 못 견딜 것이다. 죽음의 공포로부터 벗어나기 위해서라도 그러할 것이다.

그러나 마음은 영원성을 간직하고 있기 때문에 삶이 끝나는 단두대 위에서도 어엿하게 죽어간 무수한 충신과 성자가 있었다. 그들은 유한의 삶 속에서 영원히 무한한 마음의 세계를 확실히 본 자들이다. 그렇지 않다면 모든 것이 끝나는 절체절명의 순간에 그토록 의연할 이유가 있겠는가.

그렇기 때문에 우리 인생은 시작의 출생과 마침의 사망이 있는 것이다. 흩어진 시계 부품은 반드시 순서대로 조립해야 한다. 흩어진 부품은 도道요, 순서를 잘 아는 것은 지혜다. 그것을 솜씨 좋게 끼워 맞추는 것은 숙련된 기술이니, 이것은 바로 끝없는 배움과 수련이다.

새로 머리를 감은 사람과
새로 몸을 씻은 사람

― 新沐者 必彈冠, 新浴者 必振衣(漁父辭)

　　동양 고전에 관심을 둔 사람이라면 어부사漁父辭를 모르는 이
는 없을 것이다. 그만큼 널리 알려진 글이다.

　　초나라 조정에서 추방된 굴원屈原이 강담江潭에서 어부와 문답을
통하여 그의 곧고 결백한 마음을 토로한 짧은 글이지만 그 속에서
우리는 도가적인 자연주의와 유가적인 현실주의의 절묘한 대비를
이룬 초사체楚辭體의 간결하고도 아름다운 문장을 만날 수 있다.

　　어부와 굴원, 이 두 사람은 어두운 현실에서 깨어 있는 눈부신 현
자賢者들이다. 그렇기 때문에 고민이 있는 것이다. 자포자기하여 아
무렇게나 사는 사람에겐 세상이란 고민할 것이 없는 것이다. 왜냐
하면 그들은 세상에 대하여 관심도 없을 뿐 아니라, 또한 자신에게
조차 관심도 없는 그야말로 막사는 인생이기 때문이다.

　　여기에서 세상이란 넓은 의미로 말해서 세계나 우주로 확장할 수

있다. 그들은 열심히 산다고 하나 이미 의식이 꺼져 버린 동물적 삶과 별로 다를 것이 없다. 더 심하게 말하면 그 이하일 수도 있다. 날이면 날마다 방송이나 신문 지면을 메우는 무수한 사건을 봐도 잘 알 수 있다. 어리석어서 저지르는 일이 허다하다.

굴원은 전국시대 초나라 사람이다. 초나라의 고관이며 충신이었으나 간신들의 참언讒言에 의해 실각 추방되어 비운의 삶을 산 우국 시인이다.

시대 이름이 말해 주듯 굴원이 살다간 그때의 중원은 칠웅七雄이 자웅을 겨루던 약육강식의 논리만 통하던 그런 시절이었다. 이 세상은 어쩌면 착한 사람이 살아가기에는 너무나 열악한 환경일지도 모른다. 권력에 눈이 어두운 저들과 함께 힘으로 맞대응할 수 없으니 결국 선택은 두 길밖에 없다.

어부로서의 삶과 굴원으로서의 삶. 그러나 그 두 사람도 따지고 보면 굴원의 마음속에 살고 있는 또 하나의 세계나 자아일지도 모른다.

저 망망한 마음의 바다를 향해 서면 크고 작은 파도가 끊임없이 밀려 왔다가 잦아들고…. 어쩌면 우리 마음속에서도 끊임없이 발을 씻으며 갓을 퉁기며 단심가丹心歌, 하여가何如歌를 읊조리며 사는 꿈속의 연속극이 아닐는지!

위로는 하늘을
아래로는 사람을 허물하지 않는다

– 上不怨天 下不尤人(中庸 十四章)

길을 가다 리어카에 뻥튀기 과자를 가득 실은 초로의 아저씨와 함께 신호를 기다리면서 나는 그분의 눈가와 처진 어깨에서 삶의 무게가 얼마나 큰가를 넉넉히 짐작할 수 있었다. 겨울의 쇠잔한 석양 속에 인생의 길고 먼 터널을 그는 힘겹게 빠져 나가고 있었다. 마침 크리스마스 이브라 시내는 사람 물결로 출렁이었다.

나는 먼 하늘을 우러러 눈을 감았다. 정녕 하느님의 눈길은 어디에 머무는지. 사소한 일에도 불평하던 내 삶이 저 분에 비하면 얼마나 사치스럽고 미안한 일인가.

지금은 연말이라 청소년들은 시험이 끝났다고 들뜨고, 좀 잘났다고 하는 사람들은 여기저기 얼굴 내밀기에 바쁘다. 결코 고요한 밤도 거룩한 밤도 아니다. 밤새도록 방황과 광란이 있을 뿐이다.

이때쯤이면 각 신문마다 한 해를 마감하는 그 해의 큰 사건을

정리하는 기사를 싣는데, 나는 올해 어떤 사건으로 내 삶의 의미를
잴 것인가.

내 책상 앞에는 사진 두 장이 붙어 있다. 그 중 하나가 쿠바의 아나
피델리아 키로트가 애틀랜타 올림픽에서 여자 육상 8백 미터 결승
에 2위로 골인하는 모습이다. 다시 소개하자면 기자는 그때 기사
제목을 '신마저 감동한 쿠바 여자 스프린터의 투혼'이라고 붙였다.
그녀는 빼어난 미모에 여자 8백 미터에서 39연속 우승을 차지한 건
강한 몸이었지만 불행히도 전신 화상을 입어 도저히 살 가망이 없
게 되었었다. 그런 그녀가 과거의 불행을 떨치고 재기에 성공했던
것이다.

경기장을 가득 메운 관중들은 1위가 아니라 2위를 차지한 그녀에
게 기립박수를 보냈다. 허벅지와 허리 피부로 얼굴과 목에 무려 21번
의 수술을 거쳐 만신창이가 된 몸으로 애인은 떠나고 아이는 유산
되었다. 그러나 그녀는 고통을 참고 자신을 채찍질하여 재기에 성
공했다.

내가 감동한 것은 불행을 딛고 성공했다는 것이 아니라, 사실은
그녀의 갸륵한 마음씨에 있다. 그녀는 경기를 마치고 기자회견에서
이렇게 말했다.

"할머니께서 내게 모든 것을 이겨 낼 수 있도록 영감을 불어넣어
주셨다. 나의 성공이 조국 쿠바와 고통 속에 신음하고 있는 사람들
에게 조금이라도 기쁨이 되었으면 좋겠다."

그녀는 모든 고통받는 이에게 희망을 주기 위해 짐짓 사바에 몸을 나투신 보살님인지, 아니면 자기 몸까지 태워가며 사랑을 보인 천사인지 우리는 모를 일이다.

　　우리 마음은 둥글고 원만하기가 저 허공과 같으며, 모자람도 없고 남음도 없는 줄 알아서 하늘을 원망하지도 말고 부질없이 남을 탓하지도 말 것이다 圓同太虛 無欠無餘 上不怨天 下不尤人.